日語力UP！
日語漢字好吃驚！
超有趣漢字單字集

DT企劃／著

附
中日對照
QR Code
線上音檔

こんにちは
旦那です。

笛藤出版

# 前言

## 日語單字急轉彎！
## 讀日語、猜漢字，學語言也可以很好玩！

第一次接觸日語的您，在閱讀日語時，能藉由漢字讀出文字或字辭的意思嗎？

事實上，並非所有日語漢字都和中文字意相同，其中有些雖然與中文字相同，意思卻不同的日語漢字。如：

**走路**（？）----------------------> **跑道**

**麻雀**（？）----------------------> **麻將**

**人參**（？）----------------------> **紅蘿蔔**

除此之外，還有許多無法從字面上辨別意思、甚至容易造成誤解的漢字，如：

**春雨**（春天下的雨？）----------------------> **冬粉**

**泥棒**（沾滿泥沙的木棒？）----------------------> **小偷**

**蛇口**（蛇的嘴巴？）----------------------> **水龍頭**

為了讓讀者了解日語漢字和中文字的差異，特別蒐集日語漢字中，光看字面無法辨別字義的有趣漢字，以輕鬆的排版方式，附上羅馬拼音，帶讀者認識這些「有意思」的日語漢字。您可以隨手翻閱來個「日語漢字腦筋急轉彎」，不僅可以當做朋友間的消遣娛樂，還可以幫助您記憶日語漢字喔！

笛藤編輯部

# 本書特色

## 翻頁式排版

右頁猜左頁答，翻頁式排版、趣味性十足。

## 注音、五十音索引

馬上就想知道！注音、五十音單字索引，即使是初學者也能馬上單字通！

## 單字記憶 MP3

把猜完的日語單字，透過 MP3 再複習一遍。加強記憶力、日語單字輕鬆記！

## 8 大主題，超過 500 單字

取自日常生活中，食衣住行娛樂上常接觸到的日語單字。超過500 單字量、分成 8 大主題，讓您一次猜個夠！

## 單字繁衍單字、小專欄補充

透過單字衍生出相似的、相反的、類似的日語單字。不時還有小專欄帶您增廣見聞。

## 類語、繞口令、日式冷笑話

各篇最後的專欄介紹：

【類語】比較兩個字義相同的單字，究竟哪裡不同？

【繞口令】唸唸看，透過繞口令讓自己的日語發音更清晰！

【日式冷笑話】帶您認識日本人如何運用雙關語，讓說話更有趣。

# 目次

# 使用方法 右猜左答，日語學習好上手！

## 音軌

透過隨書贈送的 MP3 光碟，跟著唸，讓發音變得更正確。中日發聲，讓您不翻書也能學！

## 單字急轉彎

隱身在日常生活中的字彙，整理成每右頁五個單字，並分別標註日語拼音、羅馬拼音。即使是初學者也能輕鬆學習。

## 中文解答、例句

猜完單字後，來看看答案吧！除了有前頁的中文意思，還有單字的實用例句，除了能知道單字用法外，還能加強記憶力！

## 聯想式的延伸補充

同時會介紹給您許多關連字彙及小補充。聯想式學習，一口氣掌握更多單字！

## 略語表

出現在本書裡的略語一覽：

- 同 同義字，意思相同的單字。如：大判燒＝今川燒。
- 反 反義字，和單字意思相反的單字。如：瘦肉→肥肉。
- 類 類字，意思類似的單字。如：生馬肉→馬肉。
- 關 相關字，從單字延伸出來的單字。如：洋菜→果凍。
- 補 補充，從單字引伸出來的專欄解說，學單字也可以長知識。

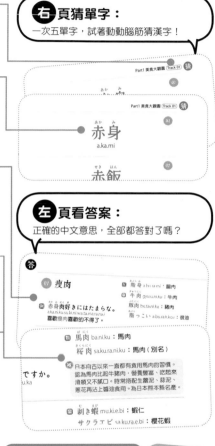

**右頁猜單字：**
一次五單字，試著動動腦筋猜漢字！

Part1 美食大觀園（Track 01）猜

Part1 美食大觀園（Track 01）猜

あか み
赤身
a.ka.mi

あか はん
赤飯

**左頁看答案：**
正確的中文意思，全部都答對了嗎？

答

01 瘦肉
- 類 脂身 a.bu.ra.mi：肥肉
- 同 牛肉 gyu.u.ni.ku：牛肉
- 例 赤身肉好きにはたまらない。
  a.ka.ni.ku.su.ki.ni.wa.ta.ma.ra.na.i
  喜歡瘦肉喜歡的不得了。
- 豚肉 bu.ta.ni.ku：豬肉
- 脂っこい a.bu.ra.k.ko.i：很油

- 類 馬肉 ba.ni.ku：馬肉
- 桜肉 sa.ku.ra.ni.ku：馬肉（別名）
- 補 日本自古以來一直都有食用馬肉的習慣。認為馬肉比起牛豬肉，營養豐富、吃起來滑嫩又不膩口。時常搭配生薑泥、蒜泥、蔥花再沾上醬油食用。為日本熊本縣名產。

- 同 剝き蝦 mu.ki.e.bi：蝦仁
- サクラエビ sa.ku.ra.e.bi：櫻花蝦

## 專欄

各篇章最後的專欄。分成三個主題，分別介紹日語中時常分不清楚的類語、日本播報員都在練習的繞口令、有趣但卻笑不出來的日式冷笑話。

# *Part1* 美食大觀園

01

あか み
# 赤身
a.ka.mi

02

せき はん
# 赤飯
se.ki.ha.n

03

さし み
# 刺身
sa.shi.mi

04

ば さ
# 馬刺し
ba.sa.shi

05

え び
# 海老
e.bi

## 01 痩肉

例 赤身肉好きにはたまらない。
a.ka.mi.ni.ku.su.ki.ni.wa.ta.ma.ra.na.i
喜歡瘦肉喜歡的不得了。

反 脂身 a.bu.ra.mi：肥肉

關 牛肉 gyu.u.ni.ku：牛肉

豚肉 bu.ta.ni.ku：豬肉

脂っこい a.bu.ra.k.ko.i：油膩

---

## 02 紅豆飯

例 赤飯を食べましょう。
se.ki.ha.n.o.ta.be.ma.sho.o
來吃紅豆飯吧！

補 紅豆飯在日本常作為慶祝料理，例如：生日、婚禮、七五三或值得慶祝，發生什麼好事的時候。因此當說「來吃紅豆飯吧！」就意味著「來慶祝吧！」的意思。

---

## 03 生魚片

例 一度、ふぐの刺身を食べてみたい。
i.chi.do、fu.gu.no.sa.shi.mi.o.ta.be.te.mi.ta.i
想吃一次河豚生魚片看看。

關 ガリ ga.ri：薑片

ワサビ wa.sa.bi：山葵

醤油 sho.o.yu：醬油

紫蘇 shi.so：紫蘇

---

## 04 生馬肉

例 馬刺しはうまいですか。
ba.sa.shi.wa.u.ma.i.de.su.ka
生馬肉好吃嗎？

類 馬肉 ba.ni.ku：馬肉

桜肉 sa.ku.ra.ni.ku：馬肉 (別名)

補 日本自古以來一直都有食用馬肉的習慣。認為馬肉比起牛豬肉，營養豐富，吃起來滑順又不膩口。時常搭配生薑泥、蒜泥、蔥花再沾上醬油食用。為日本熊本縣名產。

---

## 05 蝦子

例 海老フライはサクサクでおいしい。
e.bi.fu.ra.i.wa.sa.ku.sa.ku.de.o.i.shi.i
炸蝦口感酥脆好好吃。

關 剥き蝦 mu.ki.e.bi：蝦仁

サクラエビ sa.ku.ra.e.bi：櫻花蝦

*06*

# 伊勢海老
### いせえび
i.se.e.bi

*07*

# 片栗粉
### かたくりこ
ka.ta.ku.ki.ri.ko

*08*

# 強力粉
### きょうりきこ
kyo.o.ri.ki.ko

*04*

# 寒天
### かんてん
ka.n.te.n

*10*

# 若布
### わかめ
wa.ka.me

## 06 龍蝦

**例** この伊勢海老は新鮮だ。
ko.no.i.se.e.bi.wa.shi.n.se.n.da
這個龍蝦很新鮮。

**關** 蟹 ka.ni：螃蟹

鮑 a.wa.bi：鮑魚

**補** 在日本被當作高級食材使用。

## 07 太白粉

**例** 片栗粉を汁物に入れて、とろみをつける。
ka.ta.ku.ri.ko.o.shi.ru.mo.no.ni.i.re.te、to.ro.mi.o.tsu.ke.ru
把太白粉倒進湯汁裡勾芡。

**類** きな粉 ki.na.ko：黃豆粉

## 08 高筋麵粉

**例** 強力粉を使って、パンをつくる。
kyo.o.ri.ki.ko.o.tsu.ka.t.te、pa.n.o.tsu.ku.ru
用高筋麵粉做麵包。

**類** 小麦粉 ko.mu.gi.ko：小麥粉

中力粉 chu.u.ri.ki.ko：中筋麵粉

薄力粉 ha.ku.ri.ki.ko：低筋麵粉

## 09 洋菜

**例** 寒天は、ダイエットにいい。
ka.n.te.n.wa、da.i.e.t.to.ni.i.i
洋菜很適合減肥。

**反** ゼラチン ze.ra.chi.n：明膠（動物性）

**關** ゼリー ze.ri.i：果凍

## 10 裙帶菜

**例** この海には、若布が沢山あるよ。
ko.no.u.mi.ni.wa、wa.ka.me.ga.ta.ku.sa.na.ru.yo
這裡的海有很多裙帶菜。

**類** 昆布 ko.n.bu：昆布

ひじき hi.ji.ki：洋栖菜

のり no.ri：海苔

ご ま
# 胡麻
go.ma

かん づめ
# 缶詰
ka.n.du.me

ひ じょう しょく
# 非常食
hi.jo.o.sho.ku

だい こん
# 大根
da.i.ko.n

なが いも
# 長芋
na.ga.i.mo

### 11 芝麻

類 白ゴマ shi.ro.go.ma：白芝麻

黒ゴマ ku.ro.go.ma：黑芝麻

關 ごま油 go.ma.a.bu.ra：芝麻油

例 胡麻和え惣菜が大好き。
go.ma.a.e.so.o.za.i.ga.da.i.su.ki
最喜歡有撒上芝麻的小菜。

### 12 罐頭

類 瓶詰 bi.n.du.me：罐頭（瓶裝）

例 缶詰食品の種類が多い。
ka.n.du.me.sho.ku.hi.n.no.shu.ru.i.ga.o.o.i
罐頭食品的種類有很多。

### 13 防災食品

類 保存食 ho.zo.n.sho.ku：保存食品

例 カンパンは、非常食には
もってこいだ。
ka.n.pa.n.wa、hi.jo.o.sho.ku.ni.wa.
mo.t.te.ko.i.da
壓縮麵包最適合作為防災食品。

補 在日本原是用在山區遇難時食用的食品。
現在則轉為防災用的備用食糧。

### 14 白蘿蔔

關 大根おろし da.i.ko.n.o.ro.shi：白蘿蔔泥

大根足 da.i.ko.n.a.shi：蘿蔔腿

例 大根の煮付けは、
とてもおいしい。
da.i.ko.n.no.ni.tsu.ke.wa、to.te.mo.o.i.shi.i
燉白蘿蔔非常好吃。

### 15 山藥

關 とろろ to.ro.ro：山藥泥

例 長芋を食べたら唇が腫れた。
na.ga.i.mo.o.ta.be.ta.ra.ku.chi.bi.ru.ga.ha.
re.ta
吃了山藥後嘴巴腫起來。

16

<ruby>八<rt>や</rt></ruby><ruby>百<rt>お</rt></ruby><ruby>屋<rt>や</rt></ruby>

ya.o.ya

17

<ruby>胡<rt>きゅ</rt></ruby><ruby>瓜<rt>うり</rt></ruby>

kyu.u.ri

18

<ruby>人<rt>にん</rt></ruby><ruby>参<rt>じん</rt></ruby>

ni.n.ji.n

19

<ruby>小<rt>あ</rt></ruby><ruby>豆<rt>ずき</rt></ruby>

a.zu.ki

20

<ruby>枝<rt>えだ</rt></ruby><ruby>豆<rt>まめ</rt></ruby>

e.da.ma.me

### 16 蔬果店

回 青果店 se.i.ka.te.n

關 野菜 ya.sa.i：蔬菜

例 うちは八百屋さんに近くて便利。
u.chi.wa.ya.o.ya.sa.n.ni.chi.ka.ku.te.be.n.ri
我家離蔬果店很近很方便。

種 「八百」有「很多」之意，據說江戶時代原稱「青屋（あおや）」，販售品項較少，但隨時代改變，販賣種類變多，並為發音方便，逐漸改稱為「やおや」。

---

### 17 小黃瓜

關 一夜漬け i.chi.ya.du.ke：短時間完成的醃漬料理

例 母はよく胡瓜の浅漬けを作る。
ha.ha.wa.yo.ku.kyu.u.ri.no.a.sa.du.ke.o.tsu.ku.ru
媽媽很常醃小黃瓜。

---

### 18 紅蘿蔔

關 朝鮮人参 cho.o.se.n.ni.n.ji.n：人蔘

例 子供の頃、人参が苦手だった。
ko.do.mo.no.go.ro, ni.n.ji.n.ga.ni.ga.te.da.t.ta
小時候不敢吃紅蘿蔔。

---

### 19 紅豆

反 緑豆・青小豆 ryo.ku.to.o・a.o.a.zu.ki：綠豆

例 小豆は、色々な餡として使える。
a.zu.ki.wa, i.ro.i.ro.na.a.n.to.shi.te.tsu.ka.e.ru
很多甜點餡料會用到紅豆。

關 大豆・大豆 o.o.ma.me・da.i.zu：黃豆
黒豆 ku.ro.ma.me：黑豆

---

### 20 毛豆

關 ビール bi.i.ru：啤酒

例 ビールに枝豆は最高だ。
bi.i.ru.ni.e.da.ma.me.wa.sa.i.ko.o.da
啤酒配毛豆最對味。

<ruby>果<rt>くだ</rt>物<rt>もの</rt></ruby>

ku.da.mo.no

<ruby>林<rt>りん</rt>檎<rt>ご</rt></ruby>

ri.n.go

<ruby>饅<rt>まん</rt>頭<rt>じゅう</rt></ruby>

ma.n.ju.u

<ruby>白<rt>しら</rt>玉<rt>たま</rt></ruby>

shi.ra.ta.ma

<ruby>大<rt>だい</rt>福<rt>ふく</rt></ruby>

da.i.fu.ku

### 21 水果

同 フルーツ fu.ru.u.tsu

關 ジュース ju.u.su：果汁

例 どんな果物が好きですか。
do.n.na.ku.da.mo.no.ga.su.ki.de.su.ka
喜歡什麼水果呢？

### 22 蘋果

同 アップル a.p.pu.ru

類 青りんご a.o.ri.n.go：青蘋果

關 アップルパイ a.p.pu.ru.pa.i：蘋果派

例 林檎の皮をむく。
ri.n.go.no.ka.wa.o.mu.ku
削蘋果。

### 23 豆沙包

關 肉まん ni.ku.ma.n：肉包

例 饅頭は種類が多くて迷う。
ma.n.ju.u.wa.shu.ru.i.ga.o.o.ku.te.ma.yo.u
豆沙包種類好多不知道該選哪個。

### 24 白湯圓

關 善哉 ze.n.za.i：紅豆年糕湯

例 白玉を食べ過ぎた。
shi.ta.ta.ma.o.ta.be.su.gi.ta
白湯圓吃太多了。

### 25 豆沙麻糬

例 大福は、よく噛んで食べましょう。
da.i.fu.ku.wa、yo.ku.ka.n.de.ta.be.ma.sho.o
豆沙麻糬要細嚼慢嚥地吃。

補 「大福餅（だいふくもち）」的略稱。在過去由於模樣像鵪鶉鳥鼓起來的肚子，因此曾稱「鶉餅（うずらもち）」、「腹太餅（ふくぶともち）」，而後轉稱「大腹餅（だいふくもち）」，不久又將「腹（ふく）」改成同音較吉利的字「福（ふく）」，才變成現在所說的「大福」。

26

<ruby>大<rt>おお</rt></ruby><ruby>判<rt>ばん</rt></ruby><ruby>焼<rt>やき</rt></ruby>

o.o.ba.n.ya.ki

27

<ruby>金<rt>きん</rt></ruby><ruby>時<rt>とき</rt></ruby>

ki.n.to.ki

28

<ruby>焼<rt>や</rt></ruby>き<ruby>鳥<rt>とり</rt></ruby>

ya.ki.to.ri

29

<ruby>地<rt>じ</rt></ruby><ruby>鶏<rt>どり</rt></ruby>

ji.do.ri

30

<ruby>手<rt>て</rt></ruby><ruby>羽<rt>ば</rt></ruby><ruby>先<rt>さき</rt></ruby>

te.ba.sa.ki

# 答

### 26 車輪餅

同 今川焼 i.ma.ga.wa.ya.ki

太鼓焼 ta.i.ko.ya.ki

例 大判焼は、地方によって呼び方が違う。
o.o.ba.n.ya.ki.wa、chi.ho.o.ni.yo.t.te.yo.bi.ka.ta.ga.chi.ga.u
車輪餅的稱法隨著地方而有所不同。

### 27 紅豆刨冰

補 除了指紅豆刨冰之外，「金時」也是「金時豆（きんときまめ）」的簡稱。

例 夏にはよく宇治金時を注文する。
na.tsu.ni.wa.yo.ku.u.ji.ki.n.to.ki.o.chu.u.mo.n.su.ru
夏天常常會點宇治紅豆刨冰吃。

### 28 雞肉串燒

同 鶏肉 to.ri.ni.ku：雞肉

焼肉 ya.ki.ni.ku：烤肉

例 焼き鳥を食べに行かない。
ya.ki.to.ri.o.ta.be.ni.i.ka.na.i
要不要去吃雞肉串燒？

### 29 土雞

例 地鶏を育てるのは、大変そうだ。
ji.do.ri.o.so.da.te.ru.no.wa、ta.i.he.n.so.o.da
飼養土雞似乎很不容易。

補 日本愛知縣的「名古屋（なごや）コーチン」、秋田縣的「比內地鶏（ひないじどり）」、鹿兒島的「薩摩地鶏（さつまじどり）」被稱作日本三大土雞。

### 30 雞翅

補 雞翅是日本名古屋著名的特產之一。

例 名古屋名物手羽先唐揚げを買おう。
na.go.ya.me.i.bu.tsu.te.ba.sa.ki.ka.ra.a.ge.o.ka.t.te.ka.e.ro.o
去買名古屋名產炸雞翅吧。

31

とり から あげ
# 鶏唐揚
to.ri.ka.ra.a.ge

32

とり かわ
# 鳥皮
to.ri.ka.wa

33

め だま やき
# 目玉焼
me.da.ma.ya.ki

34

つき み
# 月見
tsu.ki.mi

35

き み
# 黄身
ki.mi

### 31 炸雞

関 フライドポテト fu.ra.i.do.po.te.to：炸薯條

例 この鶏唐揚はやわらかくジューシー。
to.ri ka.ra a.ge
ko.no.to.ri.ka.ra.a.ge.wa.ya.wa.ra.ka.ku.te.ju.u.shi.i
這個炸雞鮮嫩又多汁。

### 32 雞皮

関 鳥毛 to.ri.ke：雞毛
to.ri ke

例 鳥皮はコラーゲンが豊富だ。
to.ri ka.wa　　　　　　　ほう ふ
to.ri.ka.wa.wa.ko.ra.a.ge.n.ga.ho.o.fu.da
雞皮有豐富的膠原蛋白。

### 33 荷包蛋

類 片面焼き ka.ta.me.n.ya.ki：單面煎
かた めん や
両面焼き ryo.o.me.n.ya.ki：雙面煎
りょうめん や

例 朝ご飯の定番おかずといえば、
あさ はん ていばん
目玉焼。
め だまやき
a.sa.go.ha.n.no.te.i.ba.n.no.ka.zu.to.i.e.ba、
me.da.ma.ya.ki
荷包蛋是早餐必吃的配菜。

関 半熟卵 ha.n.ju.ku.ta.ma.go：半熟蛋
はん じゅくたまご

### 34 蛋黃

補 「月見（つきみ）」原意賞月，因蛋黃像月亮，亦稱之。

例 月見そばは、見た目にきれい。
つき み　　　　　み　め
tsu.ki.mi.so.ba.wa、mi.ta.me.ni.ki.re.i
加了生蛋的蕎麥麵看起來很漂亮。

### 35 蛋黃

同 卵黃 ra.n.o.o
らん おう

例 すき焼きには、黄身だけ使う。
や　　　　　　き み　　　 つか
su.ki.ya.ki.ni.wa、ki.mi.da.ke.tsu.ka.u
吃壽喜燒時只會用到蛋黃。

36

白身
しろ み

shi.ro.mi

37

卵肌
たまご はだ

ta.ma.go.ha.da

38

玉子丼
たま ご どん

ta.ma.go.do.n

39

天丼
てん どん

te.n.do.n

40

鉄火丼
てっ か どん

te.k.ka.do.n

### 36 蛋白

同 卵白 ra.n.pa.ku

關 タンパク質 ta.n.pa.ku.shi.tsu：蛋白質

例 黄身と白身に分けるのは
難しい。
ki.mi.to.shi.ro.mi.ni.wa.ke.ru.no.wa.
mu.zu.ka.shi.i
要把蛋黃和蛋白分開還真難。

---

### 37 皮膚光滑細緻

關 すべすべ su.be.su.be：平滑、光滑

補 把皮膚的狀態形容成像水煮蛋一樣白嫩。

例 スベスベ卵肌になりたい。
su.be.su.be.ta.ma.go.ha.da.ni.na.ri.ta.i
希望皮膚能光滑細緻。

---

### 38 雞蛋蓋飯

關 丼 do.n.bu.ri：大碗

例 玉子丼は、いつも勢いよく食べてしまう。
ta.ma.go.do.n.wa、i.tsu.mo.i.ki.o.i.yo.ku.ta.be.te.shi.ma.u
雞蛋蓋飯常常一口氣就吃光光。

---

### 39 天婦羅蓋飯

關 天ぷら te.n.pu.ra：天婦羅

補 「天（てん）ぷら丼（どん）」的略稱。常見的除了有蝦子、花枝、鰻魚等海鮮天婦羅蓋飯外，還有小青辣椒、南瓜、地瓜等各種蔬菜天婦羅蓋飯。

例 この店の天丼が一番人気だよ。
ko.no.mi.se.no.te.n.do.n.ga.i.chi.ba.n.ni.
n.ki.da.yo
這家店的天婦羅蓋飯最受歡迎。

---

### 40 鮪魚生魚片蓋飯

關 マグロ ma.gu.ro：鮪魚
海鮮丼 ka.i.se.n.do.n：海鮮蓋飯

補 原本「鉄火」的意思是燒紅的鐵，在這裡被比喻成鮪魚的紅色和山葵泥的辣。

例 この鉄火丼は、肉厚で
ボリューム感あり。
ko.no.te.k.ka.do.n.wa、ni.ku.a.tsu.de.
bo.ryu.u.mu.ka.n.a.ri
這個鮪魚生魚片蓋飯肉厚又豐盛。

41

親子丼
o.ya.ko.do.n

42

雑煮
zo.o.ni

43

油揚
a.bu.ra.a.ge

44

お茶漬け
o.cha.du.ke

45

土瓶蒸し
do.bi.n.mu.shi

### 41 雞肉蓋飯

補 由於雞肉蓋飯的主要食材是雞肉和蛋，因此將這道料理取名「親子」。

例 自分で親子丼を作ってみたい。
ji.bu.n.de.o.ya.ko.do.n.o.tsu.ku.t.te.mi.ta.i
想自己做做看雞肉蓋飯。

---

### 42 年糕湯

關 正月 sho.o.ga.tsu：新年
餅 mo.chi：麻糬

例 お正月にはいつも雑煮を
たべる。
o.sho.o.ga.tsu.ni.wa.i.tsu.mo.zo.o.ni.o.ta.be.ru
每到過年都會吃年糕湯。

補 年糕湯是日本人（除了沖繩外）在過年時吃的傳統料理，主要是祈求在新的一年能平安順利。

---

### 43 油豆腐

同 稲荷揚げ i.na.ri.a.ge
狐揚げ ki.tsu.ne.a.ge

例 昔から狐は、油揚げが好きという伝説がある。
mu.ka.shi.ka.ra.ki.tsu.ne.wa、a.bu.ra.a.ge.ga.su.ki.to.i.u.de.n.se.tsu.ga.a.ru
據說從以前狐狸就喜歡吃油豆腐。

---

### 44 茶泡飯

同 ぶぶ漬け bu.bu.du.ke：京都腔的說法

例 ラーメンの最後のシメは、
お茶漬けだ。
ra.a.me.n.no.sa.i.go.no.shi.me.wa、o.cha.du.ke.da
拉麵吃完後以茶泡飯作結束。

---

### 45 陶壺湯

關 土瓶 do.bi.n：陶壺、茶壺

補 在陶壺裡放入香菇、雞肉、蔬菜等各種食材，並加入高湯後蒸煮而成的料理。

例 土瓶蒸しは、だしが決めてだ。
do.bi.n.mu.shi.wa、da.shi.ga.ki.me.te.da
陶壺湯的湯汁是美味關鍵。

46

<ruby>稲<rt>いな</rt></ruby><ruby>荷<rt>り</rt></ruby><ruby>寿<rt>ず</rt></ruby><ruby>司<rt>し</rt></ruby>

i.na.ri.zu.shi

47

<ruby>精<rt>しょう</rt></ruby><ruby>進<rt>じん</rt></ruby><ruby>料<rt>りょう</rt></ruby><ruby>理<rt>り</rt></ruby>

sho.o.ji.n.ryo.o.ri

48

<ruby>角<rt>かく</rt></ruby><ruby>煮<rt>に</rt></ruby>

ka.ku.ni

49

<ruby>酢<rt>す</rt></ruby><ruby>豚<rt>ぶた</rt></ruby>

su.bu.ta

50

<ruby>冷<rt>ひや</rt></ruby><ruby>奴<rt>やっこ</rt></ruby>

hi.ya.ya.k.ko

## 46 豆皮壽司

例 子供の頃はよく稲荷寿司を食べた。
ko.do.mo.no.ko.ro.wa.yo.ku.i.na.ri.zu.shi.o.ta.be.ta
小時候很常吃豆皮壽司。

## 47 素食料理

例 お寺に精進料理を味わってみよう。
o.te.ra.ni.sho.o.ji.n.ryo.o.ri.o.a.ji.wa.t.te.mi.yo.o
到寺院嚐嚐素食料理吧。

關 仏教 bu.k.kyo.o：佛教
粗食 so.sho.ku：粗食

## 48 紅燒滷肉

例 角煮はとても柔らかく、箸ですぐ切れる。
ka.ku.ni.wa.to.te.mo.ya.wa.ra.ka.ku、ha.shi.de.su.gu.ki.re.ru
紅燒滷肉非常軟嫩，筷子一夾就斷。

## 49 糖醋排骨

酢豚には必ずパイナップルが入っているね。
su.bu.ta.ni.wa.ka.na.ra.zu.pa.i.na.p.pu.ru.ga.ha.i.t.te.i.ru.ne
糖醋排骨裡一定會放鳳梨。

關 甘酸っぱい a.ma.zu.p.pa.i：酸酸甜甜
中華料理 chu.u.ka.ryo.o.ri：中華料理

## 50 冷豆腐

例 最近は冷奴ダイエットがブームだ。
sa.i.ki.n.wa.hi.ya.ya.k.ko.da.i.e.t.to.ga.bu.u.mu.da
最近流行吃冷豆腐減肥。

關 絹ごし豆腐 ki.nu.go.shi.do.o.fu：絹豆腐
木綿豆腐 mo.me.n.do.o.fu：木棉豆腐

はる　さめ
# 春雨
ha.ru.sa.me

ほう　ちょう
# 包丁
ho.o.cho.o

ゆ　の
# 湯呑み
yu.no.mi

しゃ　も　じ
# 杓文字
sha.mo.ji

わり　ばし
# 割箸
wa.ri.ba.shi

### 51 冬粉

例 冬になると春雨スープを食べたくなる。
fu.yu.ni.na.ru.to.ha.ru.sa.me.su.u.pu.o.ta.be.ta.ku.na.ru

一到冬天就會讓人想吃冬粉湯。

関 ビーフン bi.i.fu.n：米粉

補 「春雨」這個充滿詩意的名稱，象徵著春天的雨水，據說是從日本昭和時代開始有的稱呼。

### 52 菜刀

例 砥石で包丁を磨く。
to.i.shi.de.ho.o.cho.o.o.mi.ga.ku

用砥石磨菜刀。

関 まな板 ma.na.i.ta：砧板
刃物 ha.mo.no：刀刃

### 53 茶杯

例 友達に湯呑みをプレゼントした。
to.mo.da.chi.ni.yu.no.mi.o.pu.re.ze.n.to.shi.ta

送朋友茶杯當禮物。

関 コップ ko.p.pu：杯子
グラス gu.ra.su：玻璃杯
コースター ko.o.su.ta.a：杯墊
急須 kyu.u.su：小茶壺

### 54 飯杓

例 今は、ご飯粒が付かない杓文字があって便利。
i.ma.wa、go.ha.n.tsu.bu.ga.tsu.ka.na.i.sha.mo.ji.ga.a.t.te.be.n.ri

現在的飯杓不沾黏飯粒真方便。

関 お玉 o.ta.ma：湯杓

補 特別是指木製的飯杓。

### 55 衛生筷

例 割箸をもらわないで、マイ箸持参の人が多い。
wa.ri.ba.shi.o.mo.ra.wa.na.i.de、ma.i.ba.shi.ji.sa.n.no.hi.to.ga.o.o.i

有很多人不拿衛生筷自己帶筷子。

関 箸袋 ha.shi.bu.ku.ro：筷套

補 可用兩手扳開的木筷。「割」指的是分開的意思。

56

## 栓抜
せん ぬき
se.n.nu.ki

 57

## 七味
しち み
shi.chi.mi

 58

## 薬味
やく み
ya.ku.mi

 59

## 激辛
げき から
ge.ki.ka.ra

 60

## 辛口
から くち
ka.ra.ku.chi

### 56 開瓶器

例 瓶ビールを飲むのには、栓抜が必要。
bi.n.bi.i.ru.o.no.mu.no.ni.wa、se.n.nu.ki.ga.hi.tsu.yo.o
喝瓶裝啤酒時必須要有開瓶器。

同 オープナー o.o.pu.na.a

關 栓 se.n：蓋子

---

### 57 調味粉

例 牛丼に七味をかける。
gyu.u.do.n.ni.shi.chi.mi.o.ka.ke.ru
在牛丼飯上灑調味粉。

類 一味唐辛子 i.chi.mi.to.o.ga.ra.shi：辣椒粉

補 七味唐辛子（しちみとうがらし）的略稱。以辣椒為主味，再加入七種香辛料的綜合調味粉。

---

### 58 調味料

例 薬味が食欲をそそる。
ya.ku.mi.ga.sho.ku.yo.ku.o.so.so.ru
調味料增進食慾。

關 薬味皿 ya.ku.mi.za.ra：（裝調味料的）小碟子

補 通常指的是刺激食慾的香辛料及蔬菜，如：山椒、辣椒、山葵、蔥、蒜等。

---

### 59 麻辣

例 激辛料理が最近は多い。
ge.ki.ka.ra.ryo.o.ri.ga.sa.i.ki.n.wa.o.o.i
最近多了很多麻辣料理。

關 激 ge.ki：非常

　ピリピリ pi.ri.pi.ri：刺痛、辛辣

---

### 60 辣味

例 カレーは辛口が一番好き。
ka.re.e.wa.ka.ra.ku.chi.ga.i.chi.ba.n.su.ki
辣味咖哩是我的最愛。

類 辛口 ka.ra.ku.chi：毒舌

關 辛い ka.ra.i：辣

61

とう がら し
# 唐辛子
to.o.ga.ra.shi

62

いた まえ
# 板前
i.ta.ma.e

63

で まえ
# 出前
de.ma.e

64

た ほう だい
# 食べ放題
ta.be.ho.o.da.i

65

たん ぴん
# 単品
ta.n.pi.n

## 61 辣椒

類 青唐辛子（あおとうがらし）a.o.to.o.ga.ra.shi：青辣椒

例 世界一辛（せかいいちから）い唐辛子（とうがらし）は、ブートジョロキアだ。
se.ka.i.i.chi.ka.ra.i.to.o.ga.ra.shi.wa、bu.u.to.jo.ro.ki.a.da
世界上最辣的辣椒是斷魂椒。

## 62 日本料理師傅

關 コック ko.k.ku：廚師（西式）

補 「板」指的是「まな板（いた）（砧板）」，「前」則是前面的意思。所以「板前」指的就是站在砧板前的人。

例 一人前（いちにんまえ）の板前（いたまえ）になるまで、何年（なんねん）もかかる。
i.chi.ni.n.ma.e.no.i.ta.ma.e.ni.na.ru.ma.de、na.n.ne.n.mo.ka.ka.ru
成為獨當一面的廚師要花上好多年。

## 63 外送

同 デリバリー de.ri.ba.ri.i

類 仕出（しだ）し shi.da.shi：外燴

關 岡持（おかも）ち o.ka.mo.ji：外送便當盒

例 出前（でまえ）は、本当（ほんとう）に便利（べんり）。
de.ma.e.wa、ho.n.to.o.ni.be.n.ri
外送真的很方便。

補 外送最早源於日本江戶時代中期。

## 64 吃到飽

類 飲（の）み放題（ほうだい）no.mi.ho.o.da.i：無限暢飲

關 バイキング・ビュッフェ
ba.i.ki.n.gu・byu.f.fe：自助吧

例 食（た）べ放題（ほうだい）の店（みせ）で食（た）べすぎて苦（くる）しい。
ta.be.ho.o.da.i.no.mi.se.de.ta.be.su.gi.te.ku.ru.shi.i
在吃到飽餐廳吃太多好痛苦。

## 65 單點

反 セット・定食（ていしょく）・コース
se.t.to・te.i.sho.ku・ko.o.su：套餐

例 セットより単品（たんぴん）のほうが高（たか）い。
se.t.to.yo.ri.ta.n.pi.n.no.ho.o.ga.ta.ka.i
比起套餐，單點比較貴。

かん じょう
## 勘定
ka.n.jo.o

や たい
## 屋台
ya.ta.i

すい もの
## 吸物
su.i.mo.no

だ じる
## 出し汁
da.shi.ji.ru

ゆ
## お湯
o.yu

---

**66** 結帳

- 同 会計 ka.i.ke.i
- 關 割り勘 wa.ri.ka.n：分開付

例 お勘定お願いします。
o.ka.n.jo.o.o.ne.ga.i.shi.ma.su
麻煩請結帳。

---

**67** 路邊攤

- 關 お祭り o.ma.tsu.ri：祭典

例 台湾には屋台が沢山ある。
ta.i.wa.n.ni.wa.ya.ta.i.ga.ta.ku.sa.n.a.ru
台灣有很多路邊攤。

---

**68** 湯

- 同 スープ su.u.pu
- 關 吸物椀 su.i.mo.no.wa.n：湯碗

例 吸物は、だしが効いていて
上品な味。
su.i.mo.no.wa、da.shi.ga.ki.i.te.i.te.jo.o.hi.
n.na.a.ji
湯的味道很好，喝起來很順口。

---

**69** 高湯

- 關 鰹節 ka.tsu.o.bu.shi：柴魚片
  椎茸 shi.i.ta.ke：香菇

例 昆布と鰹節だけで美味しい出し汁が作れる。
ko.n.bu.to.ka.tsu.o.bu.shi.da.ke.de.o.i.shi.i.da.shi.ji.ru.ga.tsu.ku.re.ru
只要昆布和柴魚片就能熬出美味的高湯。

---

**70** 熱水

- 關 茹でる yu.de.ru：用熱水煮沸
  水 mi.zu：水

例 お湯ダイエットというのが
ある。
o.yu.da.i.e.t.to.to.i.u.no.ga.a.ru
據說有熱水減肥法。

補 也可以指洗澡水。

71

とう　やく
# 湯薬
to.o.ya.ku

72

みず　わり
# 水割
mi.zu.wa.ri

73

こん　だて
# 献立
ko.n.da.te

74

ぜん　だ
# 膳立て
ze.n.da.te

75

ひ　か　げん
# 火加減
hi.ka.ge.n

**71** 煎藥

同 煎藥 se.n.ya.ku

関 漢方薬 ka.n.po.o.ya.ku：中藥

例 湯薬って、薬だからおいしくない。
to.o.ya.ku.t.te、ku.su.ri.da.ka.ra.o.i.shi.ku.na.i
煎藥因為是藥所以才不好喝。

**72** 加水稀釋
（威士忌或燒酒）

関 ウイスキー u.i.su.ki.i：威士忌
焼酎 sho.o.chu.u：燒酒
日本酒 ni.ho.n.shu：日本酒

例 ウイスキーの水割をください。
u.i.su.ki.i.no.mi.zu.wa.ri.o.ku.da.sa.i
請給我加水稀釋的威士忌。

**73** 菜單

同 メニュー・お品書き
me.nyu.u・o.shi.na.ga.ki

関 主婦 shu.fu：主婦

例 毎日、献立を決めることは難しい。
ma.i.ni.chi、ko.n.da.te.o.ki.me.ru.ko.to.wa.mu.zu.ka.shi.i
決定每天的菜單好困難。

**74** 準備飯菜

例 旅館は毎日膳立ての準備が大変だ。
ryo.ka.n.wa.ma.i.ni.chi.ze.n.da.te.no.ju.n.bi.ga.ta.i.he.n.da
旅館每天都要準備飯菜實在是很辛苦。

**75** 火侯

関 火力 ka.ryo.ku：火力
強火 tsu.yo.bi：大火
中火 chu.u.bi：中火
弱火 yo.wa.bi：小火

例 料理をするとき、火加減はとても大事。
ryo.o.ri.o.su.ru.to.ki、hi.ka.ge.n.wa.to.te.mo.da.i.ji
做菜的時候，火侯很重要。

36

### 湯煎
ゆ せん
yu.se.n

### 味見
あじ み
a.ji.mi

### 別腹
べつ ばら
be.tsu.ba.ra

### 食逃げ
くい に
ku.i.ni.ge

### 寝酒
ね ざけ
ne.za.ke

### 76 隔水加熱

関 チョコレート cho.ko.re.e.to：巧克力

例 チョコレートは湯煎で溶かす。
cho.ko.re.e.to.wa.yu.se.n.de.to.ka.su
用隔水加熱融化巧克力。

### 77 試味道

関 試食 shi.sho.ku：試吃

例 料理途中には、必ず味見して確かめる。
ryo.o.ri.to.chu.u.ni.wa、ka.na.ra.zu.a.ji.mi.shi.te.ta.shi.ka.me.ru
做菜過程中，一定要試味道確認。

### 78 另一個胃

関 スイーツ su.i.i.tsu：甜點

補 指即使吃得很撐，但若有點心或甜點，還是可以吃得下。

例 女性にとってスイーツは別腹だね。
jo.se.i.ni.to.t.te.su.i.i.tsu.wa.be.tsu.ba.ra.da.ne
對女生來說甜點是另一個胃。

### 79 白吃白喝

同 無銭飲食 mu.se.n.i.n.sho.ku
関 飲食店 i.n.sho.ku.te.n：餐飲店

例 あいつは食逃げ常習犯だ。
a.i.tsu.wa.ku.i.ni.ge.jo.o.shu.u.ha.n.da
那傢伙是白吃白喝的慣犯。

### 80 睡前飲酒

関 アルコール a.ru.ko.o.ru：酒精

例 いつも、寝酒に赤ワインを飲む。
i.tsu.mo、ne.za.ke.ni.a.ka.wa.i.no.no.mu
睡前都會喝些紅酒。

**1**
**類語**

哪裡不同？

## 玉子
たま ご
ta.ma.go

VS

## 卵
たまご
ta.ma.go

中 蛋（魚類、鳥類、爬蟲類等）。

哪裡不同？
玉子：指用雞蛋做成的蛋料理。例：玉子焼（ta.ma.go.ya.ki）。
卵：普遍指雞蛋。例：卵をください。（ta.ma.go.o.ku.da.sa.i，請給我雞蛋）。
簡單來說，尚未成為食品之前會用「卵」，成為食品之後則會用「玉子」。

**2**
**早口**

日文繞口令

## 生麦生米生卵。
なま むぎ なま ごめ なま たまご
na.ma.mu.gi.na.ma.go.me.na.ma.ta.ma.go。

解釋 生：生、未煮熟的。麦：麥子。米：米。卵：蛋。

中 生麥生米生雞蛋。

**3**
**駄洒落**

日式冷笑話

## イクラはいくら？
i.ku.ra.wa.i.ku.ra?

解釋 イクラ：鮭魚卵。いくら：多少錢？

中 鮭魚卵多少錢？

# *Part2* 交通停看聽

01

あか しん ごう
# 赤信号
a.ka.shi.n.go.o

02

こう さ てん
# 交差点
ko.o.sa.te.n

03

おう だん ほ どう
# 横断歩道
o.o.da.n.ho.do.o

04

ふみ きり
# 踏切
fu.mi.ki.ri

05

ふみ きり ふ てい し
# 踏切不停止
fu.mi.ki.ri.fu.te.i.shi

## 01 紅燈

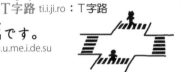

類 青信号 a.o.shi.n.go.o：綠燈

黄信号 ki.shi.n.go.o：黃燈

信号 shi.n.go.o：紅綠燈

例 赤信号の時は、道を渡ってはいけない。
a.ka.shi.n.go.o.no.to.ki.wa、mi.chi.o.wa.ta.t.te.wa.i.ke.na.i
紅燈時不可以過馬路。

## 02 十字路口

類 ロータリー交差点 ro.o.ta.ri.i.ko.o.sa.te.n：
圓環

Ｔ字路 ti.i.ji.ro：Ｔ字路

例 渋谷の交差点は、世界的に有名です。
shi.bu.ya.no.ko.o.sa.te.n.wa、se.ka.i.te.ki.ni.yu.u.me.i.de.su
澀谷的十字路口聞名全球。

## 03 斑馬線

關 飛び出し注意 to.bi.da.shi.chu.u.i：當
心兒童

例 横断歩道では、必ず信号を確認して渡ろう。
o.o.da.n.ho.do.o.de.wa、ka.na.ra.zu.shi.n.go.o.o.ka.ku.ni.n.shi.te.wa.ta.ro.o
先確認交通號誌再過斑馬線。

## 04 平交道

關 鉄道 te.tsu.do.o：鐵路

電車 de.n.sha：電車

例 踏切事故が多発している。
fu.mi.ki.ri.ji.ko.ga.ta.ha.tsu.shi.te.i.ru
常發生平交道事故。

## 05 闖平交道

關 人身事故 ji.n.shi.n.ji.ko：事故傷害

例 踏切不停止で警察に切符を切られた。
fu.mi.ki.ri.fu.te.i.shi.de.ke.i.sa.tsu.ni.ki.p.pu.o.ki.ra.re.ta
闖平交道時被警察開罰單。

06

ほ　どう　きょう
# 歩道橋
ho.do.o.kyo.o

07

ほ　こう　しゃ　てん　ごく
# 歩行者天国
ho.ko.o.sha.te.n.go.ku

08

そう　ろ
# 走路
so.o.ro

09

や　じるし
# 矢印
ya.ji.ru.shi

10

いっ　ぼう　つう　こう
# 一方通行
i.p.po.o.tsu.u.ko.o

## 06 天橋

例 時には、歩道橋を渡ったほうが早い。
to.ki.ni.wa、ho.do.o.kyo.o.o.wa.ta.t.ta.ho.o.ga.ha.ya.i
有的時候走天橋比較快。

## 07 行人專用區

補 也可略稱為「ホコ天（てん）」。

例 日曜日の原宿に歩行者天国があった。
ni.chi.yo.o.bi.no.ha.ra.ju.ku.ni.ho.ko.o.sha.te.n.go.ku.ga.a.t.ta
以前在原宿，星期天都會有行人專用區。

## 08 （運動場） 跑道

關 陸上競技 ri.ku.jo.o.kyo.o.gi：田徑

例 走路で、ランニングの練習だ。
so.o.ro.de.ra.n.ni.n.gu.no.re.n.shu.u.da
在跑道上練跑。

## 09 箭頭

關 記号 ki.go.o：記號

例 矢印の方向に進んでください。
ya.ji.ru.shi.no.ho.o.ko.o.ni.su.su.n.de.ku.da.sa.i
請跟著箭頭方向前進。

## 10 單行道

反 対面通行 ta.i.me.n.tsu.u.ko.o：雙向通道

關 車両進入禁止 sha.ryo.o.shi.n.nyu.u.ki.n.shi：禁行汽車

例 この道は一方通行だよ。
ko.no.mi.chi.wa.i.p.po.o.tsu.u.ko.o.da.yo
這條路是單行道哦。

11

おい こし きん し
# 追越禁止
o.i.ko.shi.ki.n.shi

12

こう つう じゅう たい
# 交通渋滞
ko.o.tsu.u.ju.u.ta.i

13

しょう とつ
# 衝突
sho.o.to.tsu

14

そく ど ちょう か
# 速度超過
so.ku.do.cho.o.ka

15

つい とつ じ こ
# 追突事故
tsu.i.to.tsu.ji.ko

### 11 禁止超車

關 進路 shi.n.ro：前進方向
追い越し o.i.ko.shi：超車
進路変更 shi.n.ro.he.n.ko.o：變更道路

例 この車道は追越禁止だよ。
ko.no.sha.do.o.wa.o.i.ko.shi.ki.n.shi.da.yo
這個車道禁止超車哦。

### 12 交通阻塞

關 帰省ラッシュ ki.se.i.ra.s.shu：返鄉車潮

ゴールデンウィーク go.o.ru.de.n.u.i.i.ku：黃金週

お盆 o.bo.n：盂蘭盆節，日本人祭奠祖先亡靈的節日。

例 連休の時の交通渋滞は、
本当にすごい。
re.n.kyu.u.no.to.ki.no.ko.o.tsu.u.ju.u.ta.i.wa、
ho.n.to.o.ni.su.go.i
連假時的交通阻塞，實在很驚人。

### 13 車禍

關 保険 ho.ke.n：保險
飲酒運転 i.n.shu.u.n.te.n：酒駕
示談 ji.da.n：調停

例 よそ見運転で衝突事故が増加。
yo.so.mi.u.n.te.n.de.sho.o.to.tsu.ji.ko.ga.zo.o.ka
有很多因開車分心導致車禍發生的案例。

### 14 超速

同 スピード違反 su.pi.i.do.i.ha.n
關 罰金 ba.k.ki.n：罰金

例 調子にのって、速度超過してしまった。
cho.o.shi.ni.no.t.te、so.ku.do.cho.o.ka.shi.te.shi.ma.t.ta
太得意忘形，不小心就超速了。

### 15 連環車禍

類 追突 tsu.i.to.tsu：追撞

例 雨の日は、追突事故が多発する。
a.me.no.hi.wa、tsu.i.to.tsu.ji.ko.ga.ta.ha.tsu.su.ru
下雨天容易發生連環車禍。

16

<ruby>大<rt>おお</rt></ruby><ruby>通<rt>どお</rt></ruby>り

o.o.do.o.ri

17

<ruby>裏<rt>うら</rt></ruby><ruby>通<rt>どお</rt></ruby>り

u.ra.do.o.ri

18

<ruby>表<rt>おもて</rt></ruby><ruby>通<rt>どお</rt></ruby>り

o.mo.te.do.o.ri

19

<ruby>袋<rt>ふくろ</rt></ruby><ruby>小<rt>こう</rt></ruby><ruby>路<rt>じ</rt></ruby>

fu.ku.ro.ko.o.ji

20

<ruby>近<rt>ちか</rt></ruby><ruby>道<rt>みち</rt></ruby>

chi.ka.mi.chi

### 16 大馬路

同 本通り ho.n.do.o.ri

例 大通りは車の行き来が多い。
o.o.do.o.ri.wa.ku.ru.ma.no.i.ki.ki.ga.o.o.i
大馬路上有許多往來車輛。

### 17 小巷

同 横町 yo.ko.cho.o

例 裏通りには、たくさんコーヒーショップがある。
u.ra.do.o.ri.ni.wa、ta.ku.sa.n.ko.o.hi.i.sho.p.pu.ga.a.ru
小巷裡有很多咖啡館。

### 18 大街

例 表通りには、ブランドのお店ばかりだ。
o.mo.te.do.o.ri.ni.wa、bu.ra.n.do.no.o.mi.se.ba.ka.ri.da
大街上幾乎都是品牌進駐的商店。

### 19 死巷

同 行き止まり i.ki.do.ma.ri

例 道が分からず歩いてたら、袋小路になった。
mi.chi.ga.wa.ka.ra.zu.a.ru.i.te.ta.ra、fu.ku.ro.ko.o.ji.ni.na.t.ta
路不熟，走著走著就進了死巷。

### 20 近路

同 早道 ha.ya.mi.chi

例 時間短縮のため近道していこう。
ji.ka.n.ta.n.shu.ku.no.ta.me.chi.ka.mi.chi.shi.te.i.ko.o
為了縮短時間，我們抄近路吧。

21

じ　てん　しゃ
# 自転車
ji.te.n.sha

22

じ　どう　しゃ
# 自動車
ji.do.o.sha

23

うん　てん　めん　きょ
# 運転免許
u.n.te.n.me.n.kyo

24

しょ　しん　うん　てん　しゃ
# 初心運転者
sho.shi.n.u.n.te.n.sha

25

しゃ　りょう　おう　だん　きん　し
# 車両横断禁止
sha.ryo.o.o.o.da.n.ki.n.shi

### 21 脚踏車

**例** 日本は<ruby>自転車<rt>にほんじてんしゃ</rt></ruby>での<ruby>移動<rt>いどう</rt></ruby>が<ruby>一<rt>いち</rt></ruby>番らく。

ni.ho.n.wa.ji.te.n.sha.de.no.i.do.o.ga.i.chi.ba.n.ra.ku.

在日本騎脚踏車代步最輕鬆。

**同** チャリンコ cha.ri.n.ko：脚踏車的通俗語

**類** 折り畳み自転車 o.ri.ta.ta.mi.ji.te.n.sha：折疊式脚踏車

ママチャリ ma.ma.cha.ri：前有附藍子的淑女脚踏車

---

### 22 汽車

**類** 中古車 chu.u.ko.sha：中古車

マイカー ma.i.ka.a：自己的車，和製英語

**例** <ruby>今<rt>いま</rt></ruby>は、<ruby>一家<rt>いっか</rt></ruby>に<ruby>一台<rt>いちだい</rt></ruby><ruby>自動車<rt>じどうしゃ</rt></ruby>がある。

i.ma.wa、i.k.ka.ni.i.d.da.i.ji.do.o.sha.ga.a.ru

現在幾乎都是一個家庭一台汽車。

---

### 23 駕照

**關** 運転 u.n.te.n：駕駛

**例** <ruby>運転免許<rt>うんてんめんきょ</rt></ruby>を<ruby>取<rt>と</rt></ruby>る<ruby>為<rt>ため</rt></ruby>、<ruby>教習所<rt>きょうしゅうじょ</rt></ruby>にかよう。

u.n.te.n.me.n.kyo.o.to.ru.ta.me、kyo.o.shu.u.jo.ni.ka.yo.u

為了考取駕照，所以常跑駕訓班。

---

### 24 新手駕駛

**例** <ruby>初心運転者<rt>しょしんうんてんしゃ</rt></ruby>の<ruby>車<rt>くるま</rt></ruby>には、<ruby>若葉<rt>わかば</rt></ruby>マークをはる。

sho.shi.n.u.n.te.n.sha.no.ku.ru.ma.ni.wa、wa.ka.ba.ma.a.ku.o.ha.ru

在新手駕駛的車上貼初學者標誌。

**關** 初心運転者 標識 sho.shi.n.u.n.te.n.sha.hyo.o.shi.ki：初學者標誌

**補** 為了表示駕駛取得駕照未滿 1 年，會在車體前後貼上標誌。標誌為箭頭形狀、以黑線描邊，左為黃色、右為綠色。依據道路交通法所指示，駕駛有標示義務。

---

### 25 禁行車輛

**關** 右折禁止 u.se.tsu.ki.n.shi：禁止右轉

**例** この<ruby>道路<rt>どうろ</rt></ruby>は<ruby>朝<rt>あさ</rt></ruby>、<ruby>車両横断禁止<rt>しゃりょうおうだんきんし</rt></ruby>だ。

ko.no.do.o.ro.wa.a.sa、sha.ryo.o.o.o.da.n.ki.n.shi.da

這條路早上禁行車輛。

26

えき
# 駅
e.ki

27

き　しゃ
# 汽車
ki.sha

28

きっ　ぷ
# 切符
ki.p.pu

29

かい　さつ　ぐち
# 改札口
ka.i.sa.tsu.gu.chi

30

てい　き
# 定期
te.i.ki

### 26 車站

囲 駅員 e.ki.i.n：站務人員

ホーム ho.o.mu：月台

乗り換える no.ri.ka.e.ru：轉車

例 東京駅でお土産を買った。
to.o.kyo.o.e.ki.de.o.mi.ya.ge.o.ka.t.ta
在東京車站買了名產。

### 27 火車

同 蒸気機関車 jo.o.ki.ki.ka.n.sha
類 列車 re.s.sha：列車

例 汽車に乗って、遠くへ旅行へ行きたい。
ki.sha.ni.no.t.te、to.o.ku.e.ryo.ko.o.e.i.ki.ta.i
想搭火車到遙遠的地方旅行。

### 28 車票

同 チケット chi.ke.t.to
類 回数券 ka.i.su.u.ke.n：回數票

例 切符の買い方を教えてください。
ki.p.pu.no.ka.i.ka.ta.o.o.shi.e.te.ku.da.sa.i
請告訴我該如何買票。

囲 切符売り場 ki.p.pu.u.ri.ba：售票口
自動券売機 ji.do.o.ke.n.ba.i.ki：自動售票機

### 29 剪票口

類 自動改札機 ji.do.o.ka.i.sa.tsu.ki：自動剪票機

例 今は、ほとんど自動改札口だ。
i.ma.wa、ho.to.n.do.ji.do.o.ka.i.sa.tsu.gu.chi.da
現在幾乎都是自動剪票口。

囲 残額不足 za.n.ga.ku.bu.so.ku：餘額不足

チャージ cha.a.ji：加值

### 30 定期車票的簡稱

同 定期券 te.i.ki.ke.n
類 定期代 te.i.ki.da.i：定期車票費用

例 学生、会社員は、定期があって、お得。
ga.ku.se.i、ka.i.sha.i.n.wa、te.i.ki.ga.a.t.te、o.to.ku
學生、上班族有定期車票很划算。

新宿↔下北沢
2014 - 9.31

31

かた みち
# 片道
ka.ta.mi.chi

32

おう ふく
# 往復
o.o.fu.ku

33

あん ない じょ
# 案内所
a.n.na.i.jo

34

せい さん じょ
# 精算所
se.i.sa.n.jo

35

えき べん
# 駅弁
e.ki.be.n

### 31 單程

例 台北から東京まで片道約三時間。

ta.i.pe.i.ka.ra.to.o.kyo.o.ma.de.ka.ta.mi.chi.ya.ku.sa.n.ji.ka.n

從台北到東京單程要花3小時。

類 片道切符 ka.ta.mi.chi.ki.p.pu：單程車票

### 32 來回

例 往復五時間のバスの旅、とても疲れた。

o.o.fu.ku.go.ji.ka.n.no.ba.su.no.ta.bi、to.te.mo.tsu.ka.re.ta

來回5小時的巴士之旅，相當累人。

同 行き帰り i.ki.ka.e.ri

類 往復割引乗車券 o.u.fu.ku.wa.ri.bi.ki.jo.o.sha.ke.n：來回優惠車票

### 33 服務處

例 観光案内所に地図を取りに行く。

ka.n.ko.o.a.n.na.i.jo.ni.chi.zu.o.to.ri.ni.i.ku

到觀光服務處拿地圖。

慣 案内人 a.n.na.i.ni.n：服務人員

案内 a.n.na.i：導覽、指南

### 34 補票處

例 精算所で切符の差額を払う。

se.i.sa.n.jo.de.ki.p.pu.no.sa.ga.ku.o.ha.ra.u

到補票處補票付差額。

慣 払い戻し ha.ra.i.mo.do.shi：補差額

### 35 鐵路便當

例 日本には沢山のおいしい駅弁がある。

ni.ho.n.ni.wa.ta.ku.sa.n.no.o.i.shi.i.e.ki.be.n.ga.a.ru.

日本有很多美味的鐵路便當。

補 知名的日本鐵路便當，種類多樣，各地區車站還會販售融入當地特有食材或針對特定主題的鐵路便當。精緻的分隔擺設，包裝上也相當別緻搶眼，充滿特色與驚奇的鐵路便當，吸引許多人展開鐵路便當之旅。

36

あし だい
# 足代
a.shi.da.i

37

こう つう い じ
# 交通遺児
ko.o.tsu.u.i.ji

38

くるま い す
# 車椅子
ku.ru.ma.i.su

39

こう ばん
# 交番
ko.o.ba.n

40

こう つう じゃく しゃ
# 交通弱者
ko.o.tsu.u.ja.ku.sha

## 36 交通費

ryo.ko.o.no.a.shi.da.i.t.te、ba.ka.ni.na.ra.na.i

旅行的交通費是很花錢的。

圓 交通費 ko.o.tsu.u.hi：交通費

圞 ばかにならない ba.ka.ni.na.ra.na.i：不可輕視

## 37 雙親死於交通事故的孩子

例 交通遺児に対する募金が沢山ある。
ko.o.tsu.u.i.ji.ni.ta.i.su.ru.bo.ki.n.ga.ta.ku.sa.n.a.ru

有很多對雙親死於交通事故的孩子的募款。

圞 援助 e.n.jo：援助

手当 te.a.te：津貼

## 38 輪椅

例 足を骨折すると車椅子で生活しなきゃ。
a.shi.o.ko.s.se.tsu.su.ru.to.ku.ru.ma.i.su.de.se.i.ka.tsu.shi.na.kya

腳骨折，就只能靠輪椅生活了。

圞 松葉杖 ma.tsu.ba.du.e：醫療用枴杖

## 39 派出所

圞 警察 ke.i.sa.tsu：警察

パトカー pa.to.ka.a：警車

例 なくし物したら、交番へ行こう。
na.ku.shi.mo.no.shi.ta.ra、ko.o.ba.n.e.i.ko.o

如果有遺失物品，去派出所掛失吧。

## 40 老弱婦孺

補 指在交通上行動及安全處於弱勢的族群，如老弱婦孺或身障人士。

例 道で交通弱者を見かけたら、手助けをしよう。
mi.chi.de.ko.o.tsu.u.ja.ku.sha.o.mi.ka.ke.ta.ra、te.da.su.ke.o.shi.yo.o

在路上如果發現老弱婦孺，請協助他們。

**1**
**類語**

哪裡不同？

# 治す  vs  癒やす
na.o.su         i.ya.su

中文 治癒。

哪裡不同？ 治す：指身體恢復原本健康的模樣。例：虫歯を治す。(mu. shi.ba.o.na.o.su，治療蛀牙)。

癒やす：除了指身體康復，也指心理上的煩惱、痛苦獲得治癒。例：疲れを癒やす。(tsu.ka.re.o.i.ya.su，消除疲勞)。

**2**
**早口**

日文繞口令

# 東京特許許可局。
to.o.kyo.o.to.k.kyo.kyo.ka.kyo.ku。

解釋 特許：專利。「特許」單看字面上，讓人感覺像是公家機關，但是在東京並沒有「東京特許許可局」這個單位。即使實際在日本的特許庁(智慧財產局)裡也沒有這個部門。另外，「賦予」專利權的日文說法也不是「許可」(kyo.ka)而是「付与」(fu.yo)。這個繞口令是出自 1934 年 NHK 全國播報員試驗的考題。

**3**
**駄洒落**

日式冷笑話

# 紅葉を見に行こうよう。
ko.o.yo.o.o.mi.ni.i.ko.o.yo.o。

解釋 紅葉：楓葉。見に行こうよう：去看嘛。

中文 我們去賞楓葉嘛。

# *Part3* 購物頻道

にゅう か
# 入荷
nyu.u.ka

ざい か
# 在荷
za.i.ka

しゅっ か
# 出荷
shu.k.ka

ちゃっ か
# 着荷
cha.k.ka

に おも
# 荷重
ni.o.mo

# 答

## 01 進貨

例 人気がある商品は、入荷しても、すぐ完売。
ni.n.ki.ga.a.ru.sho.o.hi.n.wa、nyu.u.ka.shi.te.mo、su.gu.ka.n.ba.i
人氣商品一進貨馬上就銷售一空。

類 入庫 nyu.u.ko：入庫

補 「入荷」即到貨，「入庫」則是已入倉庫的意思。「入荷」有時會有到貨後，會在現場開封，直接出給預定客，所以不一定是指到貨後就要入倉庫。

## 02 庫存

例 年末必ず在荷確認をする。
ne.n.ma.tsu.ka.na.ra.zu.za.i.ka.ku.ni.n.o.su.ru
年底一定要確認庫存。

同 在庫 za.i.ko
關 棚卸し ta.na.o.ro.shi：盤點

## 03 上市、出貨

例 出荷日を決める。
shu.k.ka.bi.o.ki.me.ru
決定上市日期。

關 発注 ha.c.chu.u：下單
出荷制限 shu.k.ka.se.i.ge.n：出貨限制

## 04 到貨

例 着荷が遅れると、その後に支障がでる。
cha.k.ka.ga.o.ku.re.ru.to、so.no.go.ni.shi.sho.o.ga.de.ru
一延遲到貨，之後的流程都會出問題。

關 着荷確認 cha.k.ka.ka.ku.ni.n：到貨確認

## 05 貨物沉重

例 この荷物は荷重すぎる。
ko.no.ni.mo.tsu.wa.ni.o.mo.su.gi.ru
這個貨物超重。

補 也可以當作責任過重的意思。

06

## 荷物
### に もつ
ni.mo.tsu

07

## 荷厄介
### に やっ かい
ni.ya.k.ka.i

08

## 手荷物
### て に もつ
te.ni.mo.tsu

09

## 品切れ
### しな ぎ
shi.na.gi.re

10

## 安物
### やす もの
ya.su.mo.no

答

### 06 行李

送料 so.o.ryo.o：運費

宅配便 ta.ku.ha.i.bi.n：快遞

例 フロントで荷物を預ける。
fu.ro.n.to.de.ni.mo.tsu.o.a.zu.ke.ru
在櫃檯寄放行李。

---

### 07 （攜帶物品多）感到累贅

厄介 ya.k.ka.i：麻煩

補 也可以指對～事物感到有負擔。

例 セールで買いすぎて荷厄介になった。
se.e.ru.de.ka.i.su.gi.te.ni.ya.k.ka.i.ni.na.t.ta
週年慶買太多，東西變得好累贅。

---

### 08 手提行李

身の回り品 mi.no.ma.wa.ri.hi.n：隨身物品

荷物一時預り所 ni.mo.tsu.i.chi.ji.a.zu.ka.ri.sho：行李寄放處

例 手荷物は、最小限に抑えたい。
te.ni.mo.tsu.wa、sa.i.sho.o.ge.n.ni.o.sa.e.ta.i
想讓手提行李越小越好。

---

### 09 銷售一空

売り切れ u.ri.ki.re

売れ筋 u.re.su.ji：暢銷

例 人気商品は、すぐ品切れになる。
ni.n.ki.sho.o.hi.n.wa、su.gu.shi.na.gi.re.ni.na.ru
人氣商品很快就銷售一空。

---

### 10 便宜貨

安物買いの銭失い ya.su.mo.no.ga.i.no.ze.ni.u.shi.na.i：一分錢一分貨

例 安物は、よく見ないと、損をする。
ya.su.mo.no.wa、yo.ku.mi.na.i.to、so.n.o.su.ru
便宜貨要仔細檢查才不會吃虧。

にせ もの
贋物
ni.se.mo.no

あと きん
後金
a.to.ki.n

うわ ぎ
上着
u.wa.gi

した ぎ
下着
shi.ta.gi

あつ ぎ
厚着
a.tsu.gi

### 11 仿冒品

- 同 まがい物 ma.ga.i.mo.no
- 反 本物 ho.n.mo.no：真品

例 この時代贋物は、本物と見分けが付かない。
ko.no.ji.da.i.ni.se.mo.no.wa、ho.n.mo.no.to.mi.wa.ke.ga.tsu.ka.na.i
現在的仿冒品做的跟真的一樣。

### 12 餘款、尾款

- 同 残金 za.n.ki.n
- 反 前金 ma.e.ki.n：訂金
- 關 差金 sa.ki.n：差額

例 あと、いくら後金を払えばいい？
a.to、i.ku.ra.a.to.ki.n.o.ha.ra.e.ba.i.i
還有多少尾款要付？

### 13 上衣

- 同 トップス to.p.pu.su
- 類 上半身 jo.o.ha.n.shi.n：上半身
- 關 シャツ sha.tsu：襯衫
  ジャケット ja.ke.t.to：外套
  セーター se.e.ta.a：毛衣

例 上着を脱ぐ。
u.wa.gi.o.nu.gu
脱掉上衣。

### 14 內衣

- 同 肌着 ha.da.gi
- 類 ブラジャー bu.ra.ja.a：胸罩
  パンティー pa.n.ti.i：女用內褲
  トランクス to.ra.n.ku.su：四角褲

例 女性にとって下着は大事。
jo.se.i.ni.to.t.te.shi.ta.gi.wa.da.i.ji
對女生來說內衣很重要。

### 15 衣服穿很多

- 反 薄着 u.su.gi：衣服穿的很少

例 寒くて、厚着しちゃった。
sa.mu.ku.te、a.tsu.gi.shi.cha.t.ta
因為很冷，所以衣服穿了很多。

16

みず ぎ
# 水着
mi.zu.gi

17

ふ だん ぎ
# 普段着
fu.da.n.gi

18

へ や ぎ
# 部屋着
he.ya.gi

19

にん ぶ ぎ
# 妊婦着
ni.n.pu.gi

20

き もの
# 着物
ki.mo.no

### 16 泳衣

**同** ビキニ bi.ki.ni

**例** 水着って、種類がありすぎて、まよっちゃう。
mi.zu.gi.t.te、shu.ru.i.ga.a.ri.su.gi.te、ma.yo.c.cha.u.
泳衣的種類太多真令人苦惱。

**關** 水泳 su.i.e.i：游泳

プール pu.u.ru：游泳池

海 u.mi：海

### 17 便服

**同** 私服 shi.fu.ku

**例** 普段着はいつも何を着ようかまよう。
fu.da.n.gi.wa.i.tsu.mo.na.ni.ki.yo.o.ka.ma.yo.o
穿便服時總是煩惱要穿什麼。

**關** おしゃれ o.sha.re：時髦

ファッション fa.s.sho.n：時尚

コーディネート ko.o.di.ne.e.to：穿搭

### 18 居家服

**同** ルームウエア ru.u.mu.u.e.a

**類** パジャマ pa.ja.ma：睡衣

**例** どんな部屋着を着ているの？
do.n.na.he.ya.gi.o.ki.te.i.ru.no
都穿什麼樣的居家服？

**關** スリッパ su.ri.p.pa：拖鞋

### 19 孕婦裝

**關** 妊娠 ni.n.shi.n：懷孕

赤ちゃん a.ka.cha.n：嬰兒

つわり tsu.wa.ri：害喜

**例** かわいい妊婦着が沢山ある。
ka.wa.i.i.ni.n.pu.gi.ga.ta.ku.sa.n.a.ru
有很多可愛的孕婦裝。

### 20 和服

**類** 帯 o.bi：腰帶

巾着 ki.n.cha.ku：巾着提袋

**例** 着物は、一人で着るのが大変。
ki.mo.no.wa、hi.to.ri.de.ki.ru.no.ga.ta.i.he.n
一個人穿和服很辛苦。

**補** 穿和服和浴衣的時候，衣襟是左上，右下。另外，要特別注意左下，右上為壽衣穿法，因此要小心不要穿錯，以免鬧出笑話。

21

# 背広
せびろ
se.bi.ro

22

# 靴
くつ
ku.tsu

23

# 靴下
くつ した
ku.tsu.shi.ta

24

# 足袋
た び
ta.bi

25

# 手袋
て ぶくろ
te.bu.ku.ro

### 21 男士西裝

- 同 スーツ su.u.tsu
- 類 洋服 yo.o.fu.ku：西服

例 男性は背広を着るとみんなかっこいい。
da.n.se.i.wa.se.bi.ro.o.ki.ru.to.mi.n.na.ka.k.ko.i.i
男生穿西裝都好看。

### 22 鞋子

- 同 シューズ shu.u.zu
- 類 靴紐 ku.tsu.hi.mo：鞋帶

  サンダル sa.n.da.ru：涼鞋

  ブーツ bu.u.tsu：靴子

  スニーカー su.ni.i.ka.a：休閒鞋

例 トップスに合わせて靴をチョイス。
to.p.pu.su.ni.a.wa.se.te.ku.tsu.o.cho.i.su
選擇搭配上衣的鞋子。

### 23 襪子

- 類 タイツ ta.i.tsu：絲襪

  五本指靴下 go.ho.n.yu.bi.ku.tsu.shi.ta：
  五指襪

例 冬はモコモコ靴下が必需品。
fu.yu.wa.mo.ko.mo.ko.ku.tsu.shi.ta.ga.hi.tsu.ju.hi.n
在冬天毛茸茸的襪子是必需品。

### 24 分趾鞋襪

- 補 穿木屐時配的襪子。

例 下駄を履くときは、足袋を履こう。
ge.ta.o.ha.ku.to.ki.wa、ta.bi.o.ha.ko.o
穿木屐時，先穿上分趾鞋襪吧。

### 25 手套

- 類 ミトン mi.to.n：連指手套
- 關 マフラー ma.fu.ra.a：圍巾

例 今の手袋は、つけながらでもスマホが使える。
i.ma.no.te.bu.ku.ro.wa、tsu.ke.na.ga.ra.de.mo.su.ma.ho.ga.tsu.ka.e.ru
現在的手套戴著也能用智慧型手機。

26

おお　がら
# 大柄
o.o.ga.ra

27

はな　がら
# 花柄
ha.na.ga.ra

28

は　で
# 派手
ha.de

29

みず　たま
# 水玉
mi.zu.ta.ma

30

あつ　じ
# 厚地
a.tsu.ji

### 26 大花圖案

例 この旅館の浴衣って大柄の
浴衣だよね。
ko.no.ryo.ka.n.no.yu.ka.ta.t.te.o.o.ga.ra.
no.yu.ka.ta.da.yo.ne
這個旅館的浴衣是大花圖案的哦。

反 小柄 ko.ga.ra：小碎花圖案

關 模様 mo.yo.o：圖案。

縞模様 shi.ma.mo.yo.o：條紋圖案。

補 也有指個頭大的意思。反之，「小柄（こ
がら）」則指個頭小的意思。

---

### 27 花色圖案

類 花 ha.na：花

植物柄 sho.ku.bu.tsu.ga.ra：植物圖案

例 子供のころは花柄のワンピースをよく着た。
ko.do.mo.no.ko.ro.wa.ha.na.ga.ra.no.wa.n.pi.i.su.o.yo.ku.ki.ta
小時候很常穿花色圖案的連身裙。

---

### 28 華麗

類 目立つ me.da.tsu：醒目

派手好み ha.de.go.no.mi：喜好華麗

關 派手婚 ha.de.ko.n：華麗婚宴

例 あのおばさんは、派手好き。
a.no.o.ba.sa.n.wa、ha.de.zu.ki
那個阿姨喜歡穿得很華麗。

---

### 29 圓點圖案

同 ドット do.t.to

補 也有水滴的意思。

例 水玉模様って可愛いよね。
mi.zu.ta.ma.mo.yo.o.t.te.ka.wa.i.i.yo.ne
圓點圖案很可愛。

---

### 30 厚毛料

反 薄地 u.su.ji：薄衣料

例 寒い季節は、厚地の衣服がよく売れる。
sa.mu.i.ki.se.tsu.wa、a.tsu.ji.no.i.fu.ku.ga.yo.ku.u.re.ru
冷天厚毛料的衣服總是賣得很好。

31

<sup>じ</sup><sup>あ</sup>
# 地合い
ji.a.i

32

<sup>き</sup><sup>じ</sup>
# 生地
ki.ji

33

<sup>む</sup><sup>じ</sup>
# 無地
mu.ji

34

<sup>じ</sup><sup>み</sup>
# 地味
ji.mi

35

<sup>かい</sup><sup>どく</sup>
# 買得
ka.i.do.ku

**31** （紡織品的）材質

同 地質 ji.shi.tsu

類 品質 hi.n.shi.tsu：品質

例 地合いが悪いと買い手がない。
ji.a.i.ga.wa.ru.i.to.ka.i.te.ga.na.i
品質一差就沒人要買。

---

**32** 布料

同 布地 nu.no.ji

補 指所有物品原本的樣貌，也可以指麵糊或麵糰。

例 生地の肌触りでよく選ぶ。
ki.ji.no.ha.da.za.wa.ri.de.yo.ku.e.ra.bu
選擇布料的時候，重要的是觸感。

---

**33** 無花紋、素面

類 無地Tシャツ mu.ji.ti.i.sha.tsu：素T

補 指單一色或無花紋的布、紙。

例 無地な布を使って、いろいろ作ってみた。
mu.ji.na.nu.no.o.tsu.ka.t.te、i.ro.i.ro.tsu.ku.t.te.mi.ta
我用素面的布料嘗試做了許多東西。

---

**34** 樸素

同 質素 shi.s.so

關 地味婚 ji.mi.ko.n：簡單婚禮

例 地味に生活している。
ji.mi.ni.se.i.ka.tsu.shi.te.i.ru
我過著簡單樸素的生活。

---

**35** 物超所值

例 閉店近くになると、買得商品がたくさん。
he.i.te.n.chi.ka.ku.ni.na.ru.to、ka.i.do.ku.sho.o.hi.n.ga.ta.ku.sa.n
一接近打烊時間，就會有很多特價商品。

反 買い損 ka.i.zo.n：買虧

類 激安 ge.ki.ya.su：下殺

お得 o.to.ku：划算

補 通常商店特賣時都會掛上此字樣，表示現在買最划算。

36

<ruby>格<rt>かく</rt>安<rt>やす</rt>品<rt>ひん</rt></ruby>

格安品

ka.ku.ya.su.hi.n

37

<ruby>無<rt>む</rt>料<rt>りょう</rt></ruby>

無料

mu.ryo.o

38

<ruby>割<rt>わり</rt>引<rt>びき</rt></ruby>

割引

wa.ri.bi.ki

39

<ruby>手<rt>て</rt>頃<rt>ごろ</rt></ruby>

手頃

te.go.ro

40

<ruby>値<rt>ね</rt>段<rt>だん</rt></ruby>

値段

ne.da.n

**36 特價品**

例 このスーパーは日替わり
で、格安品を売る。
ko.no.su.u.pa.a.wa.hi.ga.wa.ri.de、ka
ku.ya.su.hi.n.o.u.ru
這家超市每天會有不同的特價品。

同 奉仕品 ho.o.shi.hi.n

類 訳有り商品 wa.ke.a.ri.sho.o.hi.n：瑕疵品
格安 ka.ku.ya.su：特價

關 セール se.e.ru：特賣
安い ya.su.i：便宜

---

**37 免費**

例 無料より高いものはない。
mu.ryo.o.yo.ri.ta.ka.i.mo.no.wa.na.i
免費的，最貴。

同 ただ ta.da
無代 mu.da.i
フリー fu.ri.i

反 有料 yu.u.ryo.o：付費

---

**38 折扣**

例 割引という言葉に弱い。
wa.ri.bi.ki.to.i.u.ko.to.ba.ni.yo.wa.i
我很容易被「折扣」給吸引。

類 学割 ga.ku.wa.ri：學生價

關 一割 i.chi.wa.ri：1 折
半額 ha.n.ga.ku：半價

補 折數寫法，例如 1 折為 90% OFF，5 折則
為 50% OFF。

---

**39 價格合理**

例 お手頃商品っていいね。
o.te.go.ro.sho.o.hi.n.t.te.i.i.ne
商品價格合理真是不錯。

類 安価 a.n.ka：價格低廉

補 當物品的價格合乎自己所接受的範圍時，
即可說「値段 (ねだん) が手頃 (てごろ)
です」。

---

**40 價格、價錢**

例 この品質でこの値段は激安！
ko.no.hi.n.shi.tsu.de.ko.no.ne.da.n.wa.ge.ki.ya.su
這麼好的品質又這個價錢超便宜。

同 価格 ka.ka.ku

類 料金 ryo.o.ki.n：費用

41

まる えり
# 丸襟
ma.ru.e.ri

42

ほそ み
# 細身
ho.so.mi

43

ま か
# 真っ赤
ma.k.ka

44

ま ほう びん
# 魔法瓶
ma.ho.o.bi.n

45

みず さ
# 水差し
mi.zu.sa.shi

## 41 圓領

類 襟 e.ri：領子

立襟 ta.chi.e.ri：立領

ハイネック ha.i.ne.k.ku：高領

Ｖネック bu.i.ne.k.ku：Ｖ領

例 丸襟ブラウスって可愛いね。
ma.ru.e.ri.bu.ra.u.su.t.te.ka.wa.i.i.ne
圓領罩衫很可愛。

## 42 緊身

關 スリム su.ri.mu：纖細的

補 也有指體型。

例 細身スタイルが流行。
ho.so.mi.su.ta.i.ru.ga.ryu.u.ko.o
現在很流行緊身造型。

## 43 鮮紅色

類 赤 a.ka：紅色

關 真っ赤な嘘 ma.k.ka.na.u.so：天大謊言

例 真っ赤なりんご。
ma.k.ka.na.ri.n.go
鮮紅色的蘋果。

## 44 熱水瓶

類 ポット po.t.to：瓶、壺

水筒 su.i.to.o：水壺

例 魔法瓶ってすごい便利。
ma.ho.o.bi.n.t.te.su.go.i.be.n.ri
熱水瓶很方便。

## 45 水瓶

關 容器 yo.o.ki：容器

補 也指澆花器

例 水差しからコップに水を注ぐ。
mi.zu.sa.shi.ka.ra.ko.p.pu.ni.mi.zu.o.so.so.gu
從水瓶裡將水倒入杯子裡。

46

ふ　とん
# 布団
fu.to.n

 47

もう　ふ
# 毛布
mo.o.fu

 48

しき　ふ
# 敷布
shi.ki.fu

 49

せっ　けん
# 石鹸
se.k.ke.n

 50

じゅう　そう
# 重曹
ju.u.so.o

### 46 棉被

類 敷き布団 shi.ki.bu.to.n：床墊
　 掛け布団 ka.ke.bu.to.n：被子

例 朝、寒くてお布団から出られない。
a.sa、sa.mu.ku.te.o.fu.to.n.ka.ra.de.ra.re.na.i
早上好冷，冷得無法從棉被裡出來。

補 古時候的棉被是用香蒲所製成的圓形毯，因此原本的漢字寫法是「蒲団（ふとん）」。但隨著時代改變，棉被改用較柔軟的材質，才改寫為「布団」。

### 47 毛毯

類 電気毛布 de.n.ki.mo.o.fu：電毯
關 寝具 shi.n.gu：寢具

例 毛布にくるまって寝るのが気持ちいいよね。
mo.o.fu.ni.ku.ru.ma.t.te.ne.ru.no.ga.ki.mo.chi.i.i.yo.ne
捲著毛毯睡覺很舒服。

### 48 床單

同 シーツ shi.i.tsu

例 新しい敷布を買うつもり。
a.ta.ra.shi.i.shi.ki.fu.o.ka.u.tsu.mo.ri
我打算買新床單。

### 49 肥皂

類 手作り石鹸 te.du.ku.ri.se.k.ke.n：手工肥皂

例 石鹸の匂いっていいにおい。
se.k.ke.n.no.ni.o.i.t.te.i.i.ni.o.i
肥皂的味道很香。

### 50 小蘇打粉

例 重曹で汚れたリングをきれいにできる。
ju.u.so.o.de.yo.go.re.ta.ri.n.gu.o.ki.re.i.ni.de.ki.ru
小蘇打粉可以把戒指上的污垢清潔乾淨。

爪楊枝
tsu.ma.yo.o.ji

人形
ni.n.gyo.o

虫眼鏡
mu.shi.me.ga.ne

万華鏡
ma.n.ge.kyo.o

懐中電灯
ka.i.chu.u.de.n.to.o

### 51 牙籤

- 同 妻楊枝 tsu.ma.yo.o.ji
- 類 菓子楊枝 ka.shi.yo.o.ji：點心竹籤

例 今は、いろいろな種類の爪楊枝が売っている。
i.ma.wa、i.ro.i.ro.na.shu.ru.i.no.tsu.ma.yo.o.ji.ga.u.t.te.i.ru
現在市面上賣了很多各式各樣的牙籤。

### 52 玩偶

- 類 雛人形 hi.na.ni.n.gyo.o：女兒節娃娃

例 子供のころよく人形で遊んだ。
ko.do.mo.no.ko.ro.yo.ku.ni.n.gyo.o.de.a.so.n.da
小時候常和玩偶玩。

### 53 放大鏡

- 同 拡大鏡 ka.ku.da.i.kyo.o

  ルーペ ru.u.pe
- 關 レンズ re.n.zu：鏡頭

例 虫眼鏡で虫を研究する。
mu.shi.me.ga.ne.de.mu.shi.o.ke.n.kyu.u.su.ru
用放大鏡研究昆蟲。

### 54 萬花筒

- 同 百色眼鏡 hya.ku.i.ro.me.ga.ne
- 關 おもちゃ o.mo.cha：玩具

例 万華鏡を覗くと中はとても綺麗。
ma.n.ge.kyo.o.o.no.zo.ku.to.na.ka.wa.to.te.mo.ki.re.i
往萬花筒裡一看，裡面非常漂亮。

補 萬花筒傳入日本的時間約在江戶時代約 1819 年，當時的日本人稱之為「紅毛渡り更紗眼鏡（こうもうわたりさらさめがね）」。傳入日本後受到歡迎，人們趣之若鶩，大阪地區甚至還出現許多仿冒品，萬花筒受到喜愛的程度可見一般。

### 55 手電筒

- 關 非常用 hi.jo.o.yo.o：緊急

  停電 te.i.de.n：停電

  電池 de.n.chi：電池

例 停電の時は、懐中電灯が必需品だね。
te.i.de.n.no.to.ki.wa、ka.i.chu.u.de.n.to.o.ga.hi.tsu.ju.hi.n.da.ne
停電時很需要手電筒。

56

指輪
yu.bi.wa

57

時計
to.ke.i

58

財布
sa.i.fu

59

筆入れ
fu.de.i.re

60

万年筆
ma.n.ne.n.hi.tsu

### 56 戒指

例 結婚指輪にはシンプルなの
がいい。
ke.k.kon.yu.bi.wa.ni.wa.shi.n.pu.ru.na.
no.ga.i.i

婚戒簡單一點比較好。

回 リング ri.n.gu

類 婚約指輪 ko.n.ya.ku.yu.bi.wa：訂婚戒

結婚指輪 ke.k.ko.n.yu.bi.wa：婚戒

關 ジュエリー ju.e.ri.i：珠寶

アクセサリー a.ku.se.sa.ri.i：飾品

### 57 時鐘

例 台湾では、贈り物に時計は
送ってはいけない。
ta.i.wa.n.de.wa、o.ku.ri.mo.no.ni.to.ke.
i.wa.o.ku.t.te.wa.i.ke.na.i

在台灣不可以把鐘當禮物送人。

類 腕時計 u.de.do.ke.i：手錶

懐中時計 ka.i.chu.u.do.ke.i：懷錶

目覚し時計 me.za.ma.shi.do.ke.：鬧鐘

### 58 錢包

例 財布を拾ったら、交番へ届
けよう。
sa.i.fu.o.hi.ro.t.ta.ra、ko.o.ba.n.e.to.do.ke.
yo.o

撿到錢包就送到派出所去吧。

類 折財布 o.ri.za.i.fu：短夾

長財布 na.ga.za.i.fu：長夾

がま口 ga.ma.gu.chi：珠扣零錢包

電子マネー de.n.shi.ma.ne.e：電子錢包

### 59 筆袋

例 学生の時、筆入れっていつ
も必要だった。
ga.ku.se.i.no.to.ki、fu.de.i.re.t.te.i.tsu.mo.
hi.tsu.yo.o.da.t.ta

學生時期，常會用到筆袋。

回 筆箱 fu.de.ba.ko

類 ペンスタンド・ペン立て pe.n.su.
ta.n.do・pe.n.ta.te：筆筒

關 文房具 bu.n.bo.o.gu：文具

ハサミ ha.sa.mi：剪刀

### 60 鋼筆

例 誕生日のプレゼントに、
父から万年筆をもらった。
ta.n.jo.o.bi.no.pu.re.ze.n.to.ni、chi.chi.ka.
ra.ma.n.ne.n.hi.tsu.o.mo.ra.t.ta

生日禮物收到爸爸送的鋼筆。

關 筆記具 hi.k.ki.gu：書寫用具

ペン pe.n：筆

インク i.n.ku：油墨

61

でん たく
電卓
de.n.ta.ku

62

ふう とう
封筒
fu.u.to.o

63

びん せん
便箋
bi.n.se.n

64

は がき
葉書
ha.ga.ki

65

じょう ぎ
定規
jo.o.gi

### 61 計算機

例 お金とか計算したい時、電卓がない。
o.ka.ne.to.ka.ke.i.sa.n.shi.ta.i.to.ki、de.n.ta.ku.ga.na.i
想算錢時，卻沒有計算機。

關 プラス pu.ra.su：＋
マイナス ma.i.na.su：－
かける ka.ke.ru：×
わる wa.ru：÷
イコール i.ko.o.ru：＝

---

### 62 信封

例 手紙を封筒に入れる。
te.ga.mi.o.fu.u.to.o.ni.i.re.ru
把信放進信封裡。

關 手紙 te.ga.mi：信
宛名 a.te.na：收件人
宛先 a.te.sa.ki：收件地址

---

### 63 信紙

例 綺麗な便箋で手紙を書く。
ki.re.i.na.bi.n.se.n.de.te.ga.mi.o.ka.ku
用漂亮的信紙寫信。

類 一筆箋 i.p.pi.tsu.se.n：規格較小的信紙

補 一筆箋（いっぴつせん）為高 18 公分，寬 8 公分左右規格較小的信紙。方便不擅常寫信或是不需要寫太多內容的時候。例如節慶、歸還物品、或是工作上寄送資料時都可以使用。

---

### 64 明信片

例 ドイツの親友から葉書が届いた。
do.i.tsu.no.shi.n.yu.u.ka.ra.ha.ga.ki.ga.to.do.i.ta
收到來自德國的好友寄來的明信片。

類 ご当地フォルムカード go.to.o.chi.fo.ru.mu.ka.a.do：當地特色明信片

ポスト型はがき po.su.to.ga.ta.ha.ga.ki：郵筒造型明信片

---

### 65 尺

例 小学校でよく定規を使ってた。
sho.o.ga.k.ko.o.de.yo.ku.jo.o.gi.o.tsu.ka.t.te.ta
小學時很常用到尺。

類 三角定規 sa.n.ka.ku.jo.o.gi：三角尺
巻き尺 ma.ki.ja.ku：捲尺

66

へん　びん
# 返品
he.n.pi.n

67

われ　もの
# 割物
wa.re.mo.no

68

らく　さつ
# 落札
ra.ku.sa.tsu

69

そう　りょう　む　りょう
# 送料無料
so.o.ryo.o.mu.ryo.o

70

けい　ひん
# 景品
ke.i.hi.n

### 66 退貨

類 返金 he.n.ki.n：退款

交換 ko.o.ka.n：換貨

例 特売品は、返品不可能。
to.ku.ba.i.hi.n.wa、he.n.pi.n.fu.ka.no.o
特價品無法退貨。

---

### 67 易碎品

類 割れ物注意 wa.re.mo.no.chu.u.i：小心易碎品

關 プチプチ pu.chi.pu.chi：泡泡紙

梱包 ko.n.po.o：包裝

割れ物花火 wa.re.mo.no.ha.na.bi：菊花煙火

例 割物を扱うのは注意が必要。
wa.re.mo.no.o.a.tsu.ka.u.no.wa.chu.u.i.
ga.hi.tsu.yo.o
處理易碎物時要小心。

---

### 68 得標

類 落札者 ra.ku.sa.tsu.sha：得標者

落札商品 ra.ku.sa.tsu.sho.o.hi.n：得標商品

トラブル to.ra.bu.ru：糾紛

例 この絵は、100万円で落札したんだ。
ko.no.e.wa、hya.ku.ma.n.e.n.de.ra.ku.
sa.tsu.shi.ta.n.da
這幅畫以100萬日圓得標。

---

### 69 免運費

關 キャンペーン kya.n.pe.e.n：活動

ネットショッピング ne.t.to.sho.p.pi.n.gu：網購

例 たくさん買ったら送料無料だった。
ta.ku.sa.n.ka.t.ta.ra.so.o.ryo.o.mu.ryo.o.da.t.ta
買很多所以免運。

---

### 70 贈品

同 おまけ o.ma.ke

關 福引き fu.ku.bi.ki：抽獎

例 福引きの一等賞の景品ってなんだろう？
fu.ku.bi.ki.no.i.t.to.o.sho.o.no.ke.i.hi.n.t.te.
na.n.da.ro.o
抽獎的頭獎贈品會是什麼呢？

# 類語・繞口令・冷笑話

Track 13

---

**1**
類語

哪裡不同？

右手を上げる VS 左手を上げる
招き猫　　　　　　　招き猫

mi.gi.te.o.a.ge.ru.　　　hi.da.ri.te.o.a.ge.ru.
ma.ne.ki.ne.ko　　　　　ma.ne.ki.ne.ko

中文　舉右手的招財貓。舉左手的招財貓。

哪裡不同？　右手を上げる招き猫：代表招「福氣」、「幸運」、「金錢」，為一般家庭所使用。
左手を上げる招き猫：右手同時會拿著寫有「千客万来」(se.n.kya.ku.ba.n.ra.i，生意興隆）的錢幣，為做買賣、一般店家所使用。

---

**2**
早口

日文繞口令

隣の客はよく柿食う客だ。

to.na.ri.no.kya.ku.wa.yo.ku.ka.ki.ku.u.kya.ku.da。

解釋　隣：隔壁。客：客人。よく：時常。柿：柿子。食う：吃，較粗俗的用法。

中文　隔壁的客人是個愛吃柿子的客人。

---

**3**
駄洒落

日式冷笑話

星が欲しい。

ho.shi.ga.ho.shi.i。

解釋　星：星星。欲しい：想要。

中文　想要擁有星星。

# Part4 娛樂焦點

01

けん がく
# 見学
ke.n.ga.ku

02

けん ぶつ
# 見物
ke.n.bu.tsu

03

けん りょう
# 見料
ke.n.ryo.o

04

はな み
# 花見
ha.na.mi

05

ろ しゅつ
# 露出
ro.shu.tsu

## 01 観摩

類 修学旅行 shu.u.ga.ku.ryo.ko.o：校外教學

遠足 e.n.so.ku：遠足

例 国会議事堂を見学しに行こう。
ko.k.ka.i.gi.ji.do.o.o.ke.n.ga.ku.shi.ni.i.ko.o
到國會議事堂觀摩吧。

## 02 遊覧、観賞

例 私の趣味は、歌舞伎見物なんだ。
wa.ta.shi.no.shu.mi.wa、ka.bu.ki.ke.n.bu.tsu.na.n.da
我的興趣是觀賞歌舞伎的表演。

類 遊覧 yu.u.ra.n：遊覽

關 観光バス ka.n.ko.o.ba.su：觀光巴士

観光客 ka.n.ko.o.kya.ku：觀光客

名勝 me.i.sho.o：名勝

## 03 参観費

例 見料を払って、神社の中へ。
ke.n.ryo.o.o.ha.ra.t.te、ji.n.ja.no.na.ka.e
付了參觀費後，往神社裡去。

類 入館料 nyu.u.ka.n.ryo.o：入館費

入場料 nyu.u.jo.o.ryo.o：入場費

## 04 賞花

例 4月は花見の季節。
shi.ga.tsu.wa.ha.na.mi.no.ki.se.tsu
4月是賞花的季節。

關 桜 sa.ku.ra：櫻花

花見団子 ha.na.mi.da.n.go：賞花時吃的日式點心

花びら ha.na.bi.ra：花瓣

月見 tsu.ki.mi：賞月

## 05 （照片）曝光

例 露出を調整する。
ro.shu.tsu.o.cho.o.se.i.su.ru
調整曝光。

類 露出補正 ro.shu.tsu.ho.se.i：曝光補正

關 写真 sha.shi.n：照片

カメラ ka.me.ra：相機

06

げん ぞう
# 現像
ge.n.zo.o

07

ひき の
# 引伸ばし
hi.ki.no.ba.shi

08

ひ しゃ たい
# 被写体
hi.sha.ta.i

09

かん とく
# 監督
ka.n.to.ku

10

えい が
# 映画
e.i.ga

答

---

**06** 沖洗

類 焼増し ya.ki.ma.shi：加洗

フィルム fi.ru.mu：底片

例 旅行の写真を現像しに行かなきゃ。
ryo.ko.o.no.sha.shi.n.o.ge.n.zo.o.shi.ni.i.ka.na.kya

得趕快把旅行時的照片洗出來。

---

**07** (照片) 放大

關 サイズ sa.i.zu：尺寸

例 お気に入りの写真を引伸ばしして、飾ろう。
o.ki.ni.i.ri.no.sha.shi.no.hi.ki.no.ba.shi.shi.te、ka.za.ro.o

把喜歡的照片放大作裝飾用。

---

**08** 拍攝對象

類 モデル mo.de.ru：模特兒

關 ボケ bo.ke：景深

シャッター sha.t.ta.a：快門

例 今回の被写体は子供かな。
ko.n.ka.i.no.hi.sha.ta.i.wa.ko.do.mo.ka.na

這次拍攝對象應該是小孩。

---

**09** 導演

類 プロデューサー pu.ro.dyu.u.sa.a：製
作人

例 私の夢は映画監督になるこ
とです。
wa.ta.shi.no.yu.me.wa.e.i.ga.ka.n.to.ku.
ni.na.ru.ko.to.de.su

我的夢想是成為電影導演。

關 俳優 ha.i.yu.u：演員

補 另外也有教練的意思。例如：棒球教練、
足球教練等。

---

**10** 電影

類 映画館 e.i.ga.ka.n：電影院

關 上映 jo.o.e.i：上映

映画祭 e.i.ga.sa.i：影展

例 一ヶ月に二回映画を見に行
くんだ。
i.k.ka.ge.tsu.ni.ni.ka.i.e.i.ga.o.mi.ni.i.ku.n.da

一個月會去看兩次電影。

11

だい ほん
# 台本
da.i.ho.n

12

し しゃ かい
# 試写会
shi.sha.ka.i

13

まえ うり けん
# 前売券
ma.e.u.ri.ke.n

14

し てい せき
# 指定席
shi.te.i.se.ki

15

ひ じょう ぐち
# 非常口
hi.jo.o.gu.chi

### 11 劇本

**同** 脚本 kya.ku.ho.n

**關** ドラマ do.ra.ma：連續劇
劇場 ge.ki.jo.o：劇場
声優 se.i.yu.u：配音員

**例** 台本をしっかり覚えこまないと。
da.i.ho.n.o.shi.k.ka.ri.o.bo.e.ko.ma.na.i.to
劇本得記牢。

---

### 12 試映會

**關** 招待 sho.o.ta.i：招待
口コミ ku.chi.ko.mi：評價

**例** やった。試写会に当たった。
ya.t.ta。shi.sha.ka.i.ni.a.ta.t.ta
太好了。我可以去試映會。

---

### 13 預售票

**類** 当日券 to.o.ji.tsu.ke.n：當日券

**關** 特典 to.ku.te.n：特別優待

**例** 映画の前売券を買うと、グッズが付くよ。
e.i.ga.no.ma.e.u.ri.ke.n.o.ka.u.to、gu.z.zu.ga.tsu.ku.yo
買電影預售票就送週邊商品。

---

### 14 對號座

**反** 自由席 ji.yu.u.se.ki：自由座

**類** 座席 za.se.ki：座位

**例** 新幹線は指定席が一番いい。
shi.n.ka.n.se.n.wa.shi.te.i.se.ki.ga.i.chi.ba.n.i.i
新幹線的對號座最好。

---

### 15 安全門

**類** 出口 de.gu.chi：出口
誘導灯 yu.u.do.o.to.o：指示燈
避難階段 hi.na.n.ka.i.da.n：逃生梯

**關** 入口 i.ri.gu.chi：入口

**例** 非常口は、必ず確認しなきゃね。
hi.jo.o.gu.chi.wa、ka.na.ra.zu.ka.ku.ni.n.shi.na.kya.ne
一定要確認安全門的位置。

16

や きゅう
# 野球
ya.kyu.u

17

はい えい
# 背泳
ha.i.e.i

18

たま つき
# 玉突
ta.ma.tsu.ki

19

ばん ぐみ
# 番組
ba.n.gu.mi

20

なま ちゅう けい
# 生中継
na.ma.chu.u.ke.i

答

### 16 棒球

類 バット ba.t.to：球棒

グラブ gu.ra.bu：手套

ピッチャー pi.c.cha.a：投手

バッター ba.t.ta.a：打擊

関 選手 se.n.shu：選手

例 今日のデートは、野球の試
合観戦。

kyo.o.no.de.e.to.wa、ya.kyu.u.no.shi.a.i.
ka.n.se.n

今天約會要去看棒球比賽。

### 17 仰式

関 水泳 su.i.e.i：游泳

平泳ぎ hi.ra.o.yo.gi：蛙式

自由形 ji.yu.u.ga.ta：自由式

バタフライ ba.ta.fu.ra.i：蝶式

ゴーグル go.o.gu.ru：蛙鏡

例 私の特技は、背泳なんだ。

wa.ta.shi.no.to.ku.gi.wa、ha.i.e.i.na.n.da

我擅長仰式。

### 18 撞球

同 ビリヤード bi.ri.ya.a.do

関 キュー kyu.u：球桿

例 今度友達と玉突しにいくんだ。

ko.n.do.to.mo.da.chi.to.ta.ma.tsu.ki.shi.ni.i.ku.n.da

下次要和朋友去打撞球。

### 19 （電視）節目

関 番組表 ba.n.gu.mi.hyo.o：節目表

視聴率 shi.cho.o.ri.tsu：收視率

例 年末年始は、おもしろい番組がたくさん。

ne.n.ma.tsu.ne.n.shi.wa、o.mo.shi.ro.i.ba.n.gu.mi.ga.ta.ku.sa.n

年尾年初時會有很多有趣的節目。

### 20 實況轉播

関 現場 ge.n.ba：現場

補 指在攝影棚以外的地方實況轉播。

例 隅田川花火大会は、生中継で行われる。

su.mi.da.ga.wa.ha.na.bi.ta.i.ka.i.wa、na.ma.chu.u.ke.i.de.o.ko.na.wa.re.ru

隅田川煙火大會有實況轉播。

21

に　げん　ほう　そう
二元放送
ni.ge.n.ho.o.so.o

22

なま　ほう　そう
生放送
na.ma.ho.o.so.o

23

くち　ぶえ
口笛
ku.chi.bu.e

24

こ　ま
独楽
ko.ma

25

たこ
凧
ta.ko

### 21 （廣播或電視）聯播

例 この番組、二元放送で放送されてた。
ko.no.ba.n.gu.mi、ni.ge.n.ho.o.so.o.de.ho.o.so.o.sa.re.te.ta
這個節目有做聯播。

---

### 22 實況轉播

關 ラジオ ra.ji.o：廣播

補 指節目進行時的實況轉播。

例 毎年紅白歌合戦は生放送だ。
ma.i.to.shi.ko.o.ha.ku.u.ta.ga.s.se.n.wa.na.ma.ho.o.so.o.da
每年紅白歌唱大賽都是實況轉播。

---

### 23 口哨

關 鼻歌 ha.na.u.ta：鼻子哼歌
笛 fu.e：笛子

例 夜中に口笛吹くとよくないって母に言われた。
yo.na.ka.ni.ku.chi.bu.e.fu.ku.to.yo.ku.na.i.t.te.ha.ha.ni.i.wa.re.ta
媽媽叫我半夜不要吹口哨。

---

### 24 陀螺

關 バランス ba.ra.n.su：平衡
民芸品 mi.n.ge.i.hi.n：民藝品

例 うまく独楽が回せないよ。どうして？
u.ma.ku.ko.ma.ga.ma.wa.se.na.i.yo。do.o.shi.te
為什麼我沒辦法順利轉陀螺呢？

---

### 25 風箏

關 凧揚げ ta.ko.a.ge：放風箏

補 章魚也唸「たこ」，寫法為「蛸」。

例 お正月に凧を揚げた。
o.sho.o.ga.tsu.ni.ta.ko.a.ge.ta
過年的時候放了風箏。

ふう せん

# 風船

fu.u.se.n

ば け や しき

# お化け屋敷

o.ba.ke.ya.shi.ki

か そう ぶ どう かい

# 仮装舞踏会

ka.so.o.bu.do.o.ka.i

うで ず もう

# 腕相撲

u.de.zu.mo.o

まん ざい

# 漫才

ma.n.za.i

**26 氣球**

類 変形風船 he.n.ke.i.fu.u.se.n：造型氣球

ヨーヨー風船 yo.o.yo.o.fu.u.se.n：水氣球

紙風船 ka.mi.fu.u.se.n：紙氣球

気球 ki.kyu.u：熱氣球

例 風船が割れる音が怖い。
fu.u.se.n.ga.wa.re.ru.o.to.ga.ko.wa.i
氣球破掉的聲音很可怕。

---

**27 鬼屋**

關 お化け o.ba.ke：妖怪

幽霊 yu.u.re.i：幽靈

怖い ko.wa.i：可怕

心霊写真 shi.n.re.i.sha.shi.n：靈異照片

絶叫 ze.k.kyo.o：尖叫

例 お化け屋敷って、怖くて入れないよ。
o.ba.ke.ya.shi.ki.t.te、ko.wa.ku.te.ha.i.re.na.i.yo
鬼屋好可怕，我不敢進去。

---

**28 化妝舞會**

關 ダンスパーティー da.n.su.pa.a.ti.i：舞會

マスク ma.su.ku：面具

ハロウィン ha.ro.u.i.n：萬聖節

ピエロ pi.e.ro：小丑

例 卒業式終わった後、仮装舞踏会だ。
so.tsu.gyo.o.shi.ki.o.wa.t.ta.a.to、ka.so.o.bu.do.o.ka.i.da
畢業典禮結束後是化妝舞會。

---

**29 比腕力**

關 肘 hi.ji：手肘

筋トレ ki.n.to.re：肌肉訓練

例 弟と腕相撲した。
o.to.o.to.to.u.de.zu.mo.o.shi.ta
和弟弟比腕力。

---

**30 雙口相聲**

關 コンビ ko.n.bi：雙人組合

ボケ役 bo.ke.ya.ku：裝傻、被吐槽的角色

ツッコミ役 tsu.k.ko.mi.ya.ku：吐槽角色

例 大阪は漫才コンビが多数いるよね。
o.o.sa.ka.wa.ma.n.za.i.ko.n.bi.ga.ta.su.u.i.ru.yo.ne
大阪有很多雙口相聲的組合。

補 發源自日本關西，主要以 2 人的組合方式。透過 2 人滑稽且妙語如珠的對話表演，引觀眾發笑。

31

# 落語
### ra.ku.go

32

# 宇宙遊泳
### u.chu.u.yu.u.e.i

33

# 麻雀
### ma.a.ja.n

34

# 生花
### i.ke.ba.na

35

# 切り絵
### ki.ri.e

## 31 單口相聲

例 高校生の頃から、落語に
はまってるんだ。
ko.o.ko.o.se.i.no.ko.ro.ka.ra、ra.ku.go.ni.
ha.ma.t.te.ru.n.da

從高中就很迷相聲。

關 落語家 ra.ku.go.ka：相聲家

寄席 yo.se：劇場

演目 e.n.mo.ku：題目、梗

補 源自日本江戶時代，傳承至今的傳統藝術。

---

## 32 太空漫步

例 いつか宇宙遊泳したいな。
i.tsu.ka.u.chu.u.yu.u.e.i.shi.ta.i.na
希望有天能去太空漫步。

關 宇宙飛行士 u.chu.u.hi.ko.o.shi：太空人

宇宙船 u.chu.u.se.n：太空船

宇宙人 u.chu.u.ji.n：外星人

---

## 33 麻將

例 麻雀って、大人の遊びのよ
うな気がする。
ma.a.ja.n.t.te、o.to.na.no.a.so.bi.no.yo.
u.na.ki.ga.su.ru

麻將總覺得是大人在玩的遊戲。

關 テーブルゲーム te.e.bu.ru.ge.e.mu：
桌上型遊戲

補 麻雀的日文則為「スズメ」。

---

## 34 插花

例 生花って、その人のセンス
が分かるよね。
i.ke.ba.na.t.te、so.no.hi.to.no.se.n.su.ga.
wa.ka.ru.yo.ne

從插花可以瞭解一個人的品味。

類 華道 ka.do.o：花道

關 花器 ka.ki：花器

流派 ryu.u.ha：流派

池坊 i.ke.no.bo.o：花道最悠久最大的
流派

---

## 35 剪紙畫

例 切り絵って、難しい。
ki.ri.e.t.te.mu.zu.ka.shi.i
剪紙畫好難。

同 切り紙 ki.ri.ga.mi

關 デザインカッター de.za.i.n.ka.t.ta.a：
刻刀

36

て じ な
# 手品
te.ji.na

37

はや こと ば
# 早言葉
ha.ya.ko.to.ba

38

しば い
# 芝居
shi.ba.i

39

しば ふ
# 芝生
shi.ba.fu

40

さい く
# 細工
sa.i.ku

### 36 魔術

同 マジック ma.ji.k.ku

例 手品のトリックわかった。
te.ji.na.no.to.ri.k.ku.wa.ka.t.ta
我知道這個魔術的手法。

---

### 37 繞口令

關 早口 ha.ya.ku.chi：說話很快

しゃべる sha.be.ru：聊天

滑舌 ka.tsu.ze.tsu：發音練習

例 早言葉って、何言っているか分からない。
ha.ya.ko.to.ba.t.te、na.ni.i.t.te.i.ru.no.ka.wa.ka.ra.na.i
不曉得繞口令到底在說什麼。

---

### 38 日本傳統戲劇

關 歌舞伎 ka.bu.ki：歌舞伎

オペラ o.pe.ra：歌劇

補 從前日本傳統戲曲在寺院神社表演時，觀眾會坐在草地上欣賞，因此觀眾席及觀眾就統稱為「芝居」。之後漸漸轉而指演會場，最後才意指表演劇曲本身。

例 芝居を何回見ても面白い。
shi.ba.i.o.na.n.ka.i.mi.te.mo.o.mo.shi.ro.i
日本傳統戲劇不管看幾次都有趣。

---

### 39 草皮

類 草 ku.sa：草

關 雑草 za.s.so.o：雜草

庭 ni.wa：庭園

例 芝生で寝転がるって気持ちいいね。
shi.ba.fu.de.ne.ko.ro.ga.ru.t.te.ki.mo.chi.i.i.ne
躺在草皮上很舒服。

---

### 40 工藝品

反 不細工 bu.sa.i.ku：不精細、容貌難看

關 工匠・職人 ko.o.sho.o・sho.ku.ni：工匠

例 日本の小物って細工が細かい。
ni.ho.n.no.ko.mo.no.t.te.sa.i.ku.ga.ko.ma.ka.i
日本的工藝品作的很精緻。

哪裡不同？

## 勧める vs 薦める
すす
su.su.me.ru

すす
su.su.me.ru

中文 推薦、介紹。

哪裡不同？ 勧める：勧誘、獎勵，勧說他人做自己認為好的事情。例：入会を勧める。（nyu.u.ka.i.o.su.su.me.ru，勧誘入會）。
薦める：推薦，向他人推薦某人或某物。例：商品を薦める。（sho.o.hi.n.o.su.su.me.ru，推薦商品）。

日文繞口令

## 坊主が屏風に上手に坊主の 絵を描いた。
ぼう　ず　　　びょう ぶ　　じょう ず　　　ぼう　ず
え　　か
bo.o.zu.ga.byo.o.bu.ni.jo.o.zu.ni.bo.o.zu.no.e.o.ka.i.ta。

解釋 坊主：光頭、和尚。上手：擅長、熟練。絵：畫。描く：畫、寫。

中文 光頭熟練地在屏風上畫了一幅光頭畫。

日式冷笑話

## カツラがかつらくした。
ka.tsu.ra.ga.ka.tsu.ra.ku.shi.ta。

解釋 カツラ：假髮。かつらく＝滑落：滑落、下滑。

中文 假髮脫落了。

# *Part5* 健美大作戰

01

とこ や
床屋
to.ko.ya

02

はだ あ
肌荒れ
ha.da.a.re

03

す はだ
素肌
su.ha.da

04

とり はだ
鳥肌
to.ri.ha.da

05

け しょう したじ
化粧下地
ke.sho.o.shi.ta.ji

## 01 理髮廳

例 いつも床屋に行って髪を切る。
i.tsu.mo.to.ko.ya.ni.i.t.te.ka.mi.o.ki.ru
時常會到理髮廳理髮。

類 美容院 bi.yo.o.i.n：美容院

關 カット ka.t.to：剪髮

パーマ pa.a.ma：燙髮

カラー ka.ra.a：剪髮

トリートメント to.ri.i.to.me.n.to：護髮

## 02 皮膚粗糙

例 最近肌荒れがすごくて、最悪。
sa.i.ki.n.ha.da.a.re.ga.su.go.ku.te、sa.i.a.ku
最近皮膚粗糙的很嚴重，真糟糕。

關 ニキビ ni.ki.bi：青春痘

スキンケア su.ki.n.ke.a：肌膚保養

しわ shi.wa：皺紋

雀斑 so.ba.ka.su：雀斑

黒ずみ ku.ro.zu.mi：黑頭粉刺

## 03 素顏

例 彼女の素肌がとてもきれい。
ka.no.jo.no.su.ha.da.ga.to.te.mo.ki.re.i
她素顏時很漂亮。

同 すっぴん su.p.pi.n

關 薄メイク u.su.me.i.ku：淡妝

メイクを落とす me.i.ku.o.o.to.su：卸妝

## 04 雞皮疙瘩

例 ロマンティックな言葉を聞いたら、鳥肌がたった。
ro.ma.n.te.i.k.ku.na.ko.to.ba.o.ki.i.ta.ra、
to.ri.ha.da.ga.ta.t.ta
聽到肉麻的話馬上就起雞皮疙瘩。

關 鳥肌が立つ to.ri.ha.da.ga.ta.tsu：起雞皮疙瘩

ぶつぶつ bu.tsu.bu.tsu：一顆顆

## 05 底妝

例 化粧下地は、必ずぬらないとね。
ke.sho.o.shi.ta.ji.wa、ka.na.ra.zu.nu.ra.
na.i.to.ne
底妝一定要上。

關 ベースメイク be.e.su.me.i.ku：基礎彩妝

ファンデーション fa.n.de.e.sho.n：粉底液

パウダー pa.u.da.a：蜜粉

パフ pa.fu：粉撲

# 団子鼻
## da.n.go.ba.na

# 小鼻
## ko.ba.na

# 目尻
## me.ji.ri

# 入れ歯
## i.re.ba

# 虫歯
## mu.shi.ba

### 06 蒜頭鼻

關 鼻尖 bi.se.n：鼻頭
豚鼻 bu.ta.ba.na：豬鼻

例 お父さんそっくりの団子鼻なの。
o.to.o.sa.n.so.k.ku.ri.no.da.n.go.ba.na.na.no
跟爸爸很像的蒜頭鼻。

### 07 鼻翼

關 鼻毛 ha.na.ge：鼻毛
鼻筋 ha.na.su.ji：鼻樑
鼻穴 bi.ke.tsu：鼻孔

例 小鼻の黒ずみに悩んでいる。
ko.ba.na.no.ku.ro.zu.mi.ni.na.ya.n.de.i.ru
鼻翼上的黑頭粉刺讓我很煩惱。

### 08 眼尾

類 目元 me.mo.to：眼部周圍
涙袋 na.mi.da.bu.ku.ro：眼袋

例 目尻が下がってる。
me.ji.ri.ga.sa.ga.t.te.ru
眼尾下垂。

### 09 假牙

同 義歯 gi.shi

關 歯科 shi.ka：牙科
歯並び ha.na.ra.bi：齒列

例 入れ歯をつくるのって、高いよね。
i.re.ba.o.tsu.ku.ru.no.t.te、ta.ka.i.yo.ne
做假牙很貴吧。

### 10 蛀牙

關 歯周病 shi.shu.u.byo.o：牙周病
歯のクリーニング ha.no.ku.ri.i.ni.n.gu：洗牙

例 虫歯がたくさんあって、痛い。
mu.shi.ba.ga.ta.ku.sa.n.a.t.te、i.ta.i
蛀牙好多好痛。

ya.e.ba

ha.mi.ga.ki

fu.to.mo.mo

tsu.ma.sa.ki

tsu.me.ki.ri

**11** 虎牙

同 鬼歯 o.ni.ba

関 歯列矯正 shi.re.tsu.kyo.o.se.i：歯列矯正

例 八重歯がある子って、可愛く思える。
ya.e.ba.ga.a.ru.ko.t.te、ka.wa.i.ku.o.mo.e.ru
有虎牙的女生讓人覺得很可愛。

---

**12** 刷牙

関 歯磨き粉 ha.mi.ga.ki.ko：牙膏

デンタルクロス de.n.ta.ru.ku.ro.su：牙線

例 食べた後は、必ず歯磨きをしよう。
ta.be.ta.a.to.wa、ka.na.ra.zu.ha.mi.ga.ki.o.shi.yo.o.
吃完東西一定要刷牙。

---

**13** 大腿

関 骨盤ダイエット ko.tsu.ba.n.da.i.e.t.to：
骨盤體操
妊娠線 ni.n.shi.n.se.n：妊娠紋

例 太股が太すぎてズボンが入らない。
fu.to.mo.mo.ga.fu.to.su.gi.te.zu.bo.n.ga.ha.i.ra.na.i
大腿太胖了褲子塞不下。

---

**14** 指甲

同 ネイル ne.i.ru

関 指 yu.bi：指頭

例 彼女は爪先まで、いつもきれいにしてる。
ka.no.jo.wa.tsu.ma.sa.ki.ma.de、i.tsu.mo.ki.re.i.ni.shi.te.ru
她的指甲總是保持的很乾淨。

---

**15** 指甲剪

関 鼻毛切りハサミ ha.na.ge.ki.ri.ha.sa.mi：
鼻毛剪

例 爪切りってうまく使えない。
tsu.me.ki.ri.t.te.u.ma.ku.tsu.ka.e.na.i
不太會使用指甲剪。

16

<ruby>魚<rt>うお</rt></ruby>の<ruby>目<rt>め</rt></ruby>

u.o.no.me

17

<ruby>水<rt>みず</rt></ruby><ruby>虫<rt>むし</rt></ruby>

mi.zu.mu.shi

18

<ruby>一<rt>ひと</rt></ruby><ruby>重<rt>え</rt></ruby><ruby>瞼<rt>まぶた</rt></ruby>

hi.to.e.ma.bu.ta

19

<ruby>二<rt>ふた</rt></ruby><ruby>重<rt>え</rt></ruby><ruby>瞼<rt>まぶた</rt></ruby>

fu.ta.e.ma.bu.ta

20

<ruby>奥<rt>おく</rt></ruby><ruby>二<rt>ぶた</rt></ruby><ruby>重<rt>え</rt></ruby>

o.ku.bu.ta.e

### 16 雞眼

同 雞眼 ke.i.ga.n

關 たこ ta.ko：(手、腳)長繭

例 魚の目が痛すぎる。
u.o.no.me.ga.i.ta.su.gi.ru
長雞眼實在很痛。

### 17 香港腳

關 水泡 su.i.ho.o：水泡
痒い ka.yu.i：癢
湿疹 shi.s.shi.n：濕疹
虫さされ mu.shi.sa.sa.re：蚊蟲叮咬

例 水虫だから、いつも痒い。
mi.zu.mu.shi.da.ka.ra、i.tsu.mo.ka.yu.i
因為有香港腳，所以常常覺得癢。

### 18 單眼皮

關 まぶた ma.bu.ta：眼皮
ピクピク pi.ku.pi.ku：微微跳動

例 一重瞼の女性にとってアイメイクは大事。
hi.to.e.ma.bu.ta.no.jo.se.i.ni.to.t.te.a.i.me.i.ku.wa.da.i.ji
對單眼皮的女生來說，眼妝相當重要。

### 19 雙眼皮

關 アイテープ a.i.te.e.pu：雙眼皮貼
まつげ ma.tsu.ge：睫毛
プチ整形 pu.chi.se.i.ke.i：微整形

例 二重瞼だから、眼が大きくみえるね。
fu.ta.e.ma.bu.ta.da.ka.ra、me.ga.o.o.ki.ku.mi.e.ru.ne
有雙眼皮眼睛看起來比較大。

### 20 內雙

例 私のコンプレックスは、奥二重。
wa.ta.shi.no.ko.n.pu.re.k.ku.su.wa、o.ku.bu.ta.e
我對我的內雙感到自卑。

# 脂肪吸引
### し ぼう きゅう いん

shi.bo.o.kyu.u.i.n

# 帝王切開
### てい おう せっ かい

te.i.o.o.se.k.ka.i

# 風邪
### か ぜ

ka.ze

# 寒気
### さむ け

sa.mu.ke

# 吐気
### はき け

ha.ki.ke

## 21 抽脂

例 脂肪吸引してみようかな。
shi.bo.o.kyu.u.i.n.shi.te.mi.yo.o.ka.na
想做做看抽脂手術。

関 豊胸 ho.o.kyo.o：豐胸

隆鼻 ryu.u.bi：隆鼻

脱毛 da.tsu.mo.o：除毛

## 22 剖腹生產

例 帝王切開で子供を生んだんだ。
te.i.o.o.se.k.ka.i.de.ko.do.mo.o.u.n.da.n.da
用剖腹生產的方式生孩子。

反 自然分娩 shi.ze.n.bu.n.be.n：自然產

関 出産 shu.s.sa.n：生產

育児 i.ku.ji：育兒

補 據說羅馬大帝凱薩是由剖腹誕生而流傳下來的說法。也有一說是當初拉丁語譯成德語時，將「切開」誤為「凱薩」而來。

## 23 感冒

例 風邪ひいちゃったみたい。
ka.ze.hi.i.cha.t.ta.mi.ta.i
我好像感冒了。

関 鼻づまり ha.na.du.ma.ri：鼻塞

咳 se.ki：咳嗽

発熱 ha.tsu.ne.tsu：發燒

たん ta.n：痰

インフルエンザ i.n.fu.ru.e.n.za：流感

## 24 發冷

例 寒気がする。
sa.mu.ke.ga.su.ru
身體發冷。

同 悪寒 o.ka.n

関 頭痛 zu.tsu.u：頭痛

偏頭痛 he.n.zu.tsu.u：偏頭痛

## 25 噁心想吐

例 食べ過ぎて吐気がする。
ta.be.su.gi.te.ha.ki.ke.ga.su.ru
吃太多覺得噁心想吐。

同 嘔吐 o.u.to

関 泥酔 de.i.su.i：爛醉

食中毒 sho.ku.chu.u.do.ku：食物中毒

26

<sup>げ</sup> <sup>り</sup>
# 下痢
ge.ri

27

<sup>ねっ</sup> <sup>しゃ</sup> <sup>びょう</sup>
# 熱射病
ne.s.sha.byo.o

28

<sup>むね</sup> <sup>や</sup>
# 胸焼け
mu.ne.ya.ke

29

<sup>そっ</sup> <sup>ちゅう</sup>
# 卒中
so.c.chu.u

30

<sup>じょう</sup> <sup>ざい</sup>
# 錠剤
jo.o.za.i

### 26 拉肚子

例 変なの食べたのかな。下痢してる。

he.n.na.no.ta.be.ta.no.ka.na。ge.ri.shi.te.ru

好像是吃到怪東西。一直拉肚子。

反 便秘 be.n.pi：便祕

關 ノロウイルス no.ro.u.i.ru.su：諾羅病毒（急性腸胃炎）

腹痛 ha.ra.i.ta：腹痛

---

### 27 中暑

例 外が暑すぎて、熱射病になっちゃった。

so.to.ga.a.tsu.su.gi.te、ne.s.sha.byo.o.ni.na.c.cha.t.ta

外面太熱，不小心中暑了。

同 熱中症 ne.c.chu.u.sho.o

夏バテ na.tsu.ba.te

類 日射病 ni.s.sha.byo.o：日射病

關 食欲がない sho.ku.yo.ku.ga.na.i：沒食慾

---

### 28 胃痛

關 胃腸薬 i.cho.o.ya.ku：腸胃藥

胃もたれ i.mo.ta.re：消化不良

例 胸焼けがする。病院へ行ってみよう。

mu.ne.ya.ke.ga.su.ru。byo.o.i.n.e.i.t.te.mi.yo.o

胃痛。去醫院看看吧。

---

### 29 中風

同 脳梗塞 no.u.ko.o.so.ku

例 父が卒中で倒れた。

chi.chi.ga.so.c.chu.u.de.ta.o.re.ta

父親中風昏倒了。

---

### 30 藥片

例 風邪で決まった時間に錠剤飲まなきゃ。

ka.ze.de.ki.ma.t.ta.ji.ka.n.ni.jo.o.za.i.no.ma.na.kya

感冒時要按時服用藥片。

關 錠菓 jo.o.ka：糖錠

軟膏 na.n.ko.o：軟膏

カプセル ka.pu.se.ru：膠囊

ドラッグストア do.ra.g.gu.su.to.a：藥局

処方箋 sho.ho.o.se.n：處方箋

<ruby>解<rt>げ</rt></ruby><ruby>熱<rt>ねつ</rt></ruby><ruby>剤<rt>ざい</rt></ruby>

ge.ne.tsu.za.i

<ruby>下<rt>げ</rt></ruby><ruby>剤<rt>ざい</rt></ruby>

ge.za.i

<ruby>包<rt>ほう</rt></ruby><ruby>帯<rt>たい</rt></ruby>

ho.o.ta.i

<ruby>湿<rt>しっ</rt></ruby><ruby>布<rt>ぶ</rt></ruby>

shi.p.pu

<ruby>五<rt>ご</rt></ruby><ruby>体<rt>たい</rt></ruby><ruby>満<rt>まん</rt></ruby><ruby>足<rt>ぞく</rt></ruby>

go.ta.i.ma.n.zo.ku

## 31 退燒藥

圓 解熱藥 ge.ne.tsu.ya.ku

例 解熱剤飲んだら、熱下がるかな。
ge.ne.tsu.za.i.no.n.da.ra、ne.tsu.sa.ga.ru.ka.na

吃了退燒藥後，燒退了吧。

關 氷枕 ko.o.ri.ma.ku.ra：冰枕
痛み止め i.ta.mi.do.me：止痛藥
体温計 ta.i.o.n.ke.i：體溫計

---

## 32 瀉藥

圓 通じ薬 tsu.u.ji.gu.su.ri

反 下痢止め ge.ri.do.me：止瀉藥

例 この三日間こないから、下剤で促そう。
ko.no.mi.k.ka.ka.n.ko.na.i.ka.ra、ge.za.i.de.u.na.ga.so.o

因為三天沒上廁所，用瀉藥刺激蠕動。

---

## 33 繃帶

類 弾性包帯 da.n.se.i.ho.o.ta.i：彈性繃帶

關 三角巾 sa.n.ka.ku.ki.n：三角巾
ガーゼ ga.a.ze：紗布
絆創膏 ba.n.so.o.ko.o：OK繃

例 骨折して足が包帯になっちゃった。
ko.s.se.tsu.shi.te.a.shi.ga.ho.o.ta.i.ni.na.c.cha.t.ta

骨折了，腳上纏滿了繃帶。

---

## 34 貼布

關 肩こり ka.ta.ko.ri：肩膀痠痛
かぶれ ka.bu.re：皮膚紅腫過敏

例 肩こりで毎日湿布を貼ってる。
ka.ta.ko.ri.de.ma.i.ni.chi.shi.p.pu.o.ha.t.te.ru

肩膀僵硬，每天都黏貼布。

---

## 35 身體健全

例 五体満足で生まれてくれてありがとう。
go.ta.i.ma.n.zo.ku.de.u.ma.re.te.ku.re.te.a.ri.ga.to.o

孩子能健康的生下來，真的很感謝。

補 一般指的五體是「四肢＋頭部」的組合，而在東洋醫學上則是「筋＋脈＋肉＋骨＋皮」。
另外，日本作家乙武洋匡的著書「五體不滿足」指的是身體不健全的意思。

けが
怪我
ke.ga

だ　ぼく
打撲
da.bo.ku

ねん　ざ
捻挫
ne.n.za

う　　み
打ち身
u.chi.mi

ひ　や
日焼け
hi.ya.ke

### 36 受傷

**例** 子供の頃は、よく怪我をした。
ko.do.mo.no.ko.ro.wa、yo.ku.ke.ga.o.shi.ta
小時候很常受傷。

**関** 転ぶ ko.ro.bu：跌倒

怪我の過ち ke.ga.no.a.ya.ma.chi：過失

怪我の功名 ke.ga.no.ko.o.myo.o：僥倖成功、歪打正著

---

### 37 撞傷、跌打傷

**例** 全身打撲で痛い。
ze.n.shi.n.da.bo.ku.de.i.ta.i
全身都是撞傷好痛。

**関** 皮下出血 hi.ka.shu.k.ke.tsu：瘀青

かさぶた ka.sa.bu.ta：結痂

---

### 38 扭傷

**例** 石につまずいて、足首捻挫した。
i.shi.ni.tsu.ma.zu.i.te、a.shi.ku.bi.ne.n.za.shi.ta
踢到石頭，腳踝扭傷了。

**類** 脱臼 da.k.kyu.u：脱臼

**関** 腫れ ha.re：紅腫

救急箱 kyu.u.kyu.u.ba.ko：急救箱

---

### 39 瘀血

**例** 気づかないうちに打ち身になってた。
ki.du.ka.na.i.u.chi.ni.u.chi.mi.ni.na.t.te.ta
莫名其妙就瘀血了。

**同** 内出血 na.i.shu.k.ke.tsu

**関** 喧嘩 ke.n.ka：吵架、打架

---

### 40 曬傷

**例** 夏に日焼けしすぎて、真っ黒だ。
na.tsu.ni.hi.ya.ke.shi.su.gi.te、ma.k.ku.ro.da
夏天曬傷，整個皮膚都曬黑了。

**関** 日焼け止め hi.ya.ke.do.me：防曬油

日焼けサロン hi.ya.ke.sa.ro.n：日光浴

皮むけ ka.wa.mu.ke：脱皮

皮膚癌 hi.fu.ga.n：皮膚癌

41

いろ じろ
# 色白
i.ro.ji.ro

42

ね　ぶ　そく
# 寝不足
ne.bu.so.ku

43

ふつ　か　よ
# 二日酔い
fu.tsu.ka.yo.i

44

ゆう　さん　そ　うん　どう
# 有酸素運動
yu.u.sa.n.so.u.n.do.o

45

わか　がえ
# 若返り
wa.ka.ga.e.ri

### 41 皮膚白皙

反 色黒 i.ro.gu.ro：皮膚黑

關 美白 bi.ha.ku：美白

例 東北地方の女性は、色白の人が多い。
to.o.ho.ku.chi.ho.o.no.jo.se.i.wa、i.ro.ji.ro.no.hi.to.ga.o.o.i
日本東北有很多皮膚白皙的女生。

---

### 42 睡眠不足

例 仕事が立て込んでて寝不足だよ。
shi.go.to.ga.ta.te.ko.n.de.te.ne.bu.so.ku.da.yo
工作太忙了所以睡眠不足。

類 不眠 fu.mi.n：失眠

寝つきが悪い ne.tsu.ki.ga.wa.ru.i：睡眠品質不好

眠りが浅い ne.mu.ri.ga.a.sa.i：淺眠

關 寝言 ne.go.to：夢話

---

### 43 宿醉

例 昨日飲みすぎて、二日酔い。
ki.no.o.no.mi.su.gi.te、fu.tsu.ka.yo.i
昨天喝太多了，現在整個宿醉。

同 宿酔 shu.ku.su.i

關 お酒 o.sa.ke：酒

酔っ払い yo.p.pa.ra.i：喝醉

---

### 44 有氧運動

例 健康のために有酸素運動してます。
ke.n.ko.o.no.ta.me.ni.yu.u.sa.n.so.u.n.do.o.shi.te.ma.su
為了健康現在都在做有氧運動。

同 エアロビクス e.a.ro.bi.ku.su

關 ジョギング jo.gi.n.gu：慢跑

スポーツ su.po.o.tsu：運動

エアロバイク e.a.ro.ba.i.ku：立式健身車

ボクササイズ bo.ku.sa.sa.i.zu：拳擊有氧

---

### 45 變年輕（返老還童）

例 若返りのために、何かやろうかな。
wa.ka.ga.e.ri.no.ta.me.ni、na.ni.ka.ya.ro.o.ka.na
想變得年輕，該做些什麼好呢。

類 アンチエイジング a.n.chi.e.i.ji.n.gu：抗老

關 コラーゲン ko.ra.a.ge.n：膠原蛋白

ダイエット da.i.e.t.to：減肥

若く見える wa.ka.ku.mi.e.ru：看起來年輕

**1**
**類語**

哪裡不同？

# 日射病　VS　熱射病

にっしゃびょう
ni.s.sha.byo.o

ねっしゃびょう
ne.s.sha.byo.o

中文：中暑。

哪裡不同？：

にっしゃびょう
日射病：大熱天在太陽底下長時間從事激烈運動及勞動，身體大量出汗，使體內水份流失，導致頭暈、頭痛等症狀。

ねっしゃびょう
熱射病：在高溫潮濕的天氣，從事激烈運動及勞動，或是在空氣不流通的室內，導致熱集中在體內，因而出現面紅、體溫上升，並伴隨嘔吐、頭痛、痙攣等症狀。

**2**
**早口**

日文繞口令

こつ　そ　しょうしょう　そ　しょうしょう　そ
# 骨粗鬆症訴訟勝訴。

ko.tsu.so.sho.o.sho.o.so.sho.o.sho.o.so。

こつ　そ　しょうしょう　　　　　　　　　　　せ　しょう　　　　　　　　しょう　そ
解釋：骨粗鬆症：骨質疏鬆症。訴訟：訴訟。勝訴：勝訴。

中文：骨骼疏鬆症訴訟勝訴。

**3**
**駄洒落**

日式冷笑話

まえ　がみ　　　　　まえ　　　み
# 前髪で前が見えない。

ma.e.ga.mi.de.ma.e.ga.mi.e.na.i。

まえがみ　　　　　　　　　まえ　　　　　　　　　み
解釋：前髪：瀏海。前：前面。見えない：看不見。

中文：瀏海讓我看不到前面。

# Part6 人生百態

01

意地悪
i.ji.wa.ru

02

意地っ張り
i.ji.p.pa.ri

03

腕白
wa.n.pa.ku

04

悪戯
i.ta.zu.ra

05

最低
sa.i.te.i

### 01 壞心眼

圏 人柄 hi.to.ga.ra：人品
卑怯 hi.kyo.o：卑鄙

例 好きな子には意地悪をする。
su.ki.na.ko.ni.wa.i.ji.wa.ru.o.su.ru
會故意去欺負自己喜歡的女生。

補 「意地」出自佛家語，表指人的本質、心地。「意地」+「悪い（わるい）」（壞、不好）就是心地不好的意思。

### 02 固執

同 強情っぱり go.o.jo.p.pa.ri
頑固 ga.n.ko
關 素直 su.na.o：坦率

例 意地っ張りな性格。
i.ji.p.pa.ri.na.se.i.ka.ku
固執的個性。

### 03 調皮

關 わがまま wa.ga.ma.ma：任性

補 指小孩、特別是小男孩，任性愛搗蛋。

例 腕白坊主。
wa.n.pa.ku.bo.o.zu
調皮的小孩。

### 04 惡作劇

類 悪ふざけ wa.ru.fu.za.ke：玩笑開過頭

關 迷惑 me.i.wa.ku：造成麻煩、困擾
エイプリルフール e.i.pu.ri.ru.fu.u.ru：愚人節

例 悪戯好きの子供が多い。
i.ta.zu.ra.zu.ki.no.ko.do.mo.ga.o.o.i
好多小孩很愛惡作劇。

### 05 差勁

類 最悪 sa.i.a.ku：最糟糕
關 嘘 u.so：謊言
騙す da.ma.su：騙
金目当 ka.ne.me.a.te：以錢為目的

例 詐欺グループは最低。
sa.gi.gu.ru.u.pu.wa.sa.i.te.i
詐騙集團真的很差勁。

ぶ　しょう
## 不精
bu.sho.o

なま　い　き
## 生意気
na.ma.i.ki

くそ　ど　きょう
## 糞度胸
ku.so.do.kyo.o

てい　しゅ　かん　ばく
## 亭主関白
te.i.shu.ka.n.pa.ku

ほん　　　むし
## 本の虫
ho.n.no.mu.shi

## 06 怠惰

例 なんでも不精な性格なんだ。
na.n.de.mo.bu.sho.o.na.se.i.ka.ku.na.n.da
我的個性就是對什麼事情都很怠惰。

関 メール不精 me.e.ru.bu.sho.o：不擅長寫信、不喜歡寫信

出不精 de.bu.sho.o：不愛出門

## 07 自大

例 生意気な人は、だれも好かない。
na.ma.i.ki.na.hi.to.wa、da.re.mo.su.ka.na.i
大家都不喜歡自大的人。

類 得意気 to.ku.i.ge：很得意的樣子

関 遣る気 ya.ru.ki：幹勁

補 「生」為接頭語，指在年齡、經驗上不成熟；「意気」則指的是幹勁。即對當事者的行為、說法感到不成熟、太過頭時的用語。

## 08 有勇無謀

例 彼は、糞度胸だけは、あるんだから。
ka.re.wa、ku.so.do.kyo.o.da.ke.wa、a.ru.n.da.ka.ra
他有勇無謀。

類 無謀 mu.bo.o：做事不經大腦

関 屁理屈 he.ri.ku.tsu：歪理

罵倒 ba.to.o：辱罵

## 09 大男人

例 昔は亭主関白な旦那が多い。
mu.ka.shi.wa.te.i.shu.ka.n.pa.ku.na.da.n.na.ga.o.o.i
過去很多丈夫都很大男人。

反 かかあ天下 ka.ka.a.de.n.ka：家庭中女方較強勢

補 「亭主」指的是丈夫，「関白」指的是有權力的人。在現代講求男女平等的時代，這個字常被當作是諷刺或是憧憬使用。

## 10 書呆子

例 小さい頃から、本の虫だったんだ。
chi.i.sa.i.ko.ro.ka.ra、ho.n.no.mu.shi.da.t.ta.n.da
從小就是個書呆子。

関 読書 do.ku.sho：閱讀

図書館 to.sho.ka.n：圖書館

本屋 ho.n.ya：書店

小説 sho.o.se.tsu：小說

11

やっ かい
# 厄介
ya.k.ka.i

12

て まえ み そ
# 手前味噌
te.ma.e.mi.so

13

き なが
# 気長
ki.na.ga

14

たん き
# 短気
ta.n.ki

15

かた い じ
# 片意地
ka.ta.i.ji

## 11 棘手、難對付

<ruby>同<rt></rt></ruby> 煩<ruby>わ<rt>わず</rt></ruby>らわしい wa.zu.ra.wa.shi.i

<ruby>關<rt></rt></ruby> 厄<ruby>介<rt>やっかいもの</rt></ruby>者 ya.k.ka.i.mo.no：給人添麻煩的人

例 <ruby>厄介<rt>やっかい</rt></ruby>なことは、<ruby>苦手<rt>にがて</rt></ruby>だよ。
ya.k.ka.i.na.ko.to.wa、ni.ga.te.da.yo
我很不擅長處理棘手的事。

## 12 自吹自擂

例 <ruby>彼女<rt>かのじょ</rt></ruby>はいつも<ruby>手前味噌<rt>てまえみそ</rt></ruby>を<ruby>並<rt>なら</rt></ruby>べる。
ka.no.jo.wa.i.tsu.mo.te.ma.e.mi.so.o.na.ra.be.ru
她總是自吹自擂。

<ruby>同<rt></rt></ruby> <ruby>自画自賛<rt>じがじさん</rt></ruby> ji.ga.ji.sa.n

<ruby>補<rt></rt></ruby> 就像是對自家手工味噌一樣，對自己的事情感到自豪。日常會話中雖然不太使用，但在演講場合上，常會聽到演講人誇讚自己的企業、公司前會說「手前味噌（てまえみそ）で恐縮（きょうしゅく）ですが…」。

## 13 慢性子

<ruby>類<rt></rt></ruby> ゆっくり yu.k.ku.ri：慢慢地

ゆったり yu.t.ta.ri：緩慢地、悠閒地

<ruby>關<rt></rt></ruby> <ruby>辛抱<rt>しんぼう</rt></ruby> shi.n.bo.o：耐心

例 <ruby>彼<rt>かれ</rt></ruby>のことを<ruby>気長<rt>きなが</rt></ruby>に<ruby>待<rt>ま</rt></ruby>つ。
ka.re.no.ko.to.o.ki.na.ga.ni.ma.tsu
慢慢地等他。

## 14 急性子

<ruby>同<rt></rt></ruby> せっかち se.k.ka.chi

<ruby>關<rt></rt></ruby> イライラ i.ra.i.ra：焦躁

キレる ki.re.ru：暴怒

<ruby>焦<rt>あせ</rt></ruby>る a.se.ru：焦急

例 <ruby>短気<rt>たんき</rt></ruby>な<ruby>人<rt>ひと</rt></ruby>って<ruby>嫌<rt>きら</rt></ruby>い。
ta.n.ki.na.hi.to.t.te.ki.ra.i
討厭急性子的人。

## 15 固執己見

<ruby>同<rt></rt></ruby> <ruby>片意地<rt>かたいじ</rt></ruby>を<ruby>張<rt>は</rt></ruby>る ka.ta.i.ji.o.ha.ru

<ruby>強情<rt>ごうじょう</rt></ruby> go.o.jo.o

例 <ruby>片意地<rt>かたいじ</rt></ruby>を<ruby>張<rt>は</rt></ruby>らないでよ。
ka.ta.i.ji.o.ha.ra.na.i.de.yo
不要固執己見。

16

ひと み し
人見知り
hi.to.mi.shi.ri

17

む くち
無口
mu.ku.chi

18

ば か
馬鹿
ba.ka

19

む ちゃ く ちゃ
無茶苦茶
mu.cha.ku.cha

20

き いっ ぽん
生一本
ki.i.p.po.n

### 16 怕生

例 人見知りな性格で溶け込む
のに時間がかかる。
hi.to.mi.shi.ri.na.se.i.ka.ku.de.to.ke.ko.mu.
no.ni.ji.ka.n.ga.ka.ka.ru
我很怕生，需要時間融入。

類 内気 u.chi.ki

照れ屋 te.re.ya

關 いじめ i.ji.me：排擠

劣等感 re.t.to.o.ka.n：自卑

---

### 17 寡言、不愛說話

例 無口な少年だ。
mu.ku.chi.na.sho.o.ne.n.da
是個不愛說話的少年。

---

### 18 笨蛋

類 阿呆 a.ho.o：蠢

關 馬鹿売れ ba.ka.u.re：狂銷、狂賣

うるさい u.ru.sa.i：吵、煩

例 馬鹿ばっかり。
ba.ka.ba.k.ka.ri
盡是些笨蛋。

補 漢字寫法出自成語「指鹿為馬」的典故。

---

### 19 胡亂、隨便

類 乱暴 ra.n.bo.o：粗魯

關 可笑しい o.ka.shi.i：可笑

非常識 hi.jo.o.shi.ki：缺乏常識

例 この仕事無茶苦茶すぎるよ。
ko.no.shi.go.to.mu.cha.ku.cha.su.gi.ru.yo
對這工作太隨便了哦。

---

### 20 直性子

類 純粋 ju.n.su.i：單純

關 魅力的 mi.ryo.ku.te.ki：有魅力的

例 父は生一本な性分。
chi.chi.wa.ki.i.p.po.n.na.sho.o.bu.n
父親個性很耿直。

21

うわ き
# 浮気
u.wa.ki

22

くち ぐるま
# 口車
ku.chi.gu.ru.ma

23

くち げん か
# 口喧嘩
ku.chi.ge.n.ka

24

くち ま ね
# 口真似
ku.chi.ma.ne

25

し かえ
# 仕返し
shi.ka.e.shi

**答**

---

**21** 外遇、偷吃

> 不倫 fu.ri.n：不倫
> 破局 ha.kyo.ku：破局
> 復縁 fu.ku.e.n：復合

> 例 浮気したら別れよう。
> u.wa.ki.shi.ta.ra.wa.ka.re.yo.o
> 偷吃的話就分手。

---

**22** 花言巧語

> 同 甘言 ka.n.ge.n

> 例 口車にのせられた。
> ku.chi.gu.ru.ma.ni.no.se.ra.re.ta
> 被花言巧語給矇騙了。

---

**23** 吵架

> 同 口論 ko.o.ro.n
> 關 大喧嘩 o.o.ge.n.ka：大吵一架
> 反論 ha.n.ro.n：反駁

> 例 あの夫婦は口喧嘩が絶えない。
> a.no.fu.u.fu.wa.ku.chi.ge.n.ka.ga.ta.e.na.i
> 那對夫婦吵架吵個不停。

---

**24** 口技

> 關 口調 ku.cho.o：音調

> 例 友達は口真似がうまい。
> to.mo.da.chi.wa.ku.chi.ma.ne.ga.u.ma.i
> 朋友的口技很厲害。

---

**25** 報仇

> 同 復讐 fu.ku.shu.u

> 關 子どもっぽい ko.do.mo.p.po.i：幼稚
> やられたらやり返す ya.ra.re.ta.ra.ya.ri.ka.e.su：以牙還牙

> 例 仕返しを恐れる。
> shi.ka.e.shi.o.o.so.re.ru
> 報仇很可怕。

かわ　ざん　よう
# 皮算用
ka.wa.za.n.yo.o

さる　ち　え
# 猿知恵
sa.ru.ji.e

わる　ち　え
# 悪知恵
wa.ru.ji.e

てっ　か　はだ
# 鉄火肌
te.k.ka.ha.da

なに　く　　　かお
# 何食わぬ顔
na.ni.ku.wa.nu.ka.o

### 26 打如意算盤、盤算

補 為「捕（と）らぬ狸（たぬき）の皮算用（かわざんよう）」的略稱。「算用」為計算的意思，指還沒抓到狸貓就開始盤算狸貓的皮可以賣多少錢的意思。

例 皮算用すぎるでしょ。
ka.wa.za.n.yo.o.su.gi.ru.de.sho
也太會盤算了吧。

---

### 27 小聰明

同 小賢しい ko.za.ka.shi.i

反 牛根性 u.shi.ko.n.jo.o：個性耿直

關 知恵袋：知識 +

例 猿知恵を働かせる。
sa.ru.ji.e.o.ha.ta.ra.ka.se.ru
耍耍小聰明。

---

### 28 壞主意

關 悪達者 wa.ru.ta.s.sha：平凡庸俗

脳トレーニング no.o.to.re.e.ni.n.gu：腦力激盪

例 悪知恵が働く。
wa.ru.ji.e.ga.ha.ta.ra.ku
打壞主意。

---

### 29 個性火爆

補 也可直接說「鉄火」。指動不動就吵架、但卻很爽快、不記恨，性格直爽充滿男子氣概的女性。

例 彼女は鉄火肌の姉御だ。
ka.no.jo.wa.te.k.ka.ha.da.no.a.ne.go.da
她是個個性火爆的大姐頭。

---

### 30 若無其事的表情

類 知らないふり shi.ra.na.i.fu.ri：裝作不知道

補 「何食わぬ」為沒有吃，原意本指實際上自己吃了卻裝作沒吃的意思。後來引申為自己做的或想的事情怕別人知道了會介意，只好裝作沒事的意思。

例 遅刻したのに、何食わぬ顔ではいってきた。
chi.ko.ku.shi.ta.no.ni、na.ni.ku.wa.nu.ka.o.de.ha.i.t.te.ki.ta
明明遲到了還若無其事的進來。

31

てつ めん ぴ
# 鉄面皮

te.tsu.me.n.pi

 32

やき もち
# 焼餅

ya.ki.mo.chi

 33

ごく どう むす こ
# 極道息子

go.ku.do.o.mu.su.ko

 34

あく だま
# 悪玉

a.ku.da.ma

 35

わる ぐち
# 悪口

wa.ru.gu.chi

### 31 厚臉皮

圓 厚かましい a.tsu.ka.ma.shi.i

關 厚い a.tsu.i：厚

面の皮 tsu.ra.no.ka.wa：臉皮

例 鉄面皮な男が多すぎるよ。
te.tsu.me.n.pi.na.o.to.ko.ga.o.o.su.gi.ru.yo
也太多厚臉皮的男生了吧。

---

### 32 忌妒、吃醋

補 原本為「妬（や）く」，但為了說起來有趣，因此加上「餅（もち）（麻糬）」變成「焼餅（烤麻糬）」。一旦忌妒的心情膨脹起來，就像是烤麻糬時，麻糬鼓起來的樣子。

例 彼女は焼餅ですこし困る。
ka.no.jo.wa.ya.ki.mo.chi.de.su.ko.shi.ko.ma.ru
女朋友吃醋讓我有點困擾。

---

### 33 流氓

例 極道息子でカレの両親が大変そう。
go.ku.do.o.mu.su.ko.de.ka.re.no.ryo.o.shi.n.ga.ta.i.he.n.so.o
流氓的他，父母親很辛苦。

類 ヤンキー ya.n.ki.i：不良少年

ヤクザ ya.ku.za：黑道

關 ドラ息子 do.ra.mu.su.ko：敗家子

---

### 34 壞人

反 善玉 ze.n.da.ma：善人

關 悪玉菌 a.ku.da.ma.ki.n：體內壞菌

例 ほんとうの悪玉は他にいる。
ho.n.to.o.no.a.ku.da.ma.wa.ho.ka.ni.i.ru
真正的壞人另有其人。

---

### 35 壞話

關 腹黒 ha.ra.gu.ro：邪惡

例 いつも悪口を言う。
i.tsu.mo.wa.ru.gu.chi.o.i.u
常說人壞話。

36

かげ ぐち
# 陰口
ka.ge.gu.chi

37

ひ にく
# 皮肉
hi.ni.ku

38

くち ぐせ
# 口癖
ku.chi.gu.se

39

じょう だん
# 冗談
jo.o.da.n

40

はく じょう
# 白状
ha.ku.jo.o

## 36 背後說壞話

**關** 本音 ho.n.ne：真正的心聲
建前 ta.te.ma.e：表面話

**例** 陰口をたたかれる。
ka.ge.gu.chi.o.ta.ta.ka.re.ru
被人在背後說壞話。

## 37 諷刺

**關** 冷笑 re.i.sho.o：冷笑
作り笑い tsu.ku.ri.wa.ra.i：假笑

**例** 皮肉たっぷりの挨拶。
hi.ni.ku.ta.p.pu.ri.no.a.i.sa.tsu
充滿諷刺的問候。

## 38 口頭禪

**關** 無意識 mu.i.shi.ki：下意識

**例** 人には必ず口癖がある。
hi.to.ni.wa.ka.na.ra.zu.ku.chi.gu.se.ga.a.ru
每個人都有自己的口頭禪。

## 39 玩笑話

**反** 生真面目 ki.ma.ji.me：認真的、不開玩笑的

冗談が通じない jo.o.da.n.ga.tsu.u.ji.na.i：開不起玩笑

**例** 彼の話は、冗談か本当か分からない。
ka.re.no.ha.na.shi.wa、jo.o.da.n.ka.ho.n.to.o.ka.wa.ka.ra.na.i
分不清楚他的話是真的還是開玩笑。

## 40 認罪

**類** 認める mi.to.me.ru：承認

**關** 隠す ka.ku.su：隱瞞、隱藏
激白 ge.ki.ha.ku：揭秘

**例** 白状したほうが気が楽になるよ。
ha.ku.jo.o.shi.ta.ho.o.ga.ki.ga.ra.ku.ni.na.ru.yo
認罪後會比較輕鬆喔。

41

もん　く
# 文句
mo.n.ku

42

り　　こう
# 利口
ri.ko.o

43

あい　そう
# 愛想
a.i.so.o

44

おも　しろ
# 面白い
o.mo.shi.ro.i

45

き　ちょう　めん
# 几帳面
ki.cho.o.me.n

## 41 抱怨

類 苦情 ku.jo.o：抱怨、抗議
不滿 fu.ma.n：不滿

關 ぶつぶつ言う bu.tsu.bu.tsu.i.u：碎念

例 あの店員に文句が言いたい。
a.no.te.n.i.n.ni.mo.n.ku.ga.i.i.ta.i
想對那個店員抱怨。

## 42 聰明、伶俐

同 賢い ka.shi.ko.i

關 リキュール ri.kyu.u.ru：利口酒

例 あのワンちゃんとても利口だね。
a.no.wa.n.cha.n.to.te.mo.ri.ko.o.da.ne
那隻狗狗很聰明。

## 43 態度好

反 無愛想 bu.a.i.so.o：冷漠
關 愛想が尽きる a.i.so.o.ga.tsu.ki.ru：厭惡、討厭

例 愛想がよすぎるよ。あやしい。
a.i.so.o.ga.yo.su.gi.ru.yo。a.ya.shi.i
態度這麼好真詭異。

## 44 有趣

反 つまらない tsu.ma.ra.na.i：無聊

關 ネタ ne.ta：梗
クイズ ku.i.zu：猜謎

例 この映画、内容が面白いよ。
ko.no.e.i.ga、na.i.yo.o.ga.o.mo.shi.ro.i.yo
這部電影的內容很有意思。

## 45 一絲不苟

關 控え目 hi.ka.e.me：節制、適度
遠慮 e.n.ryo：客氣、介意

例 几帳面だから、毎日家計簿つけてる。
ki.cho.o.me.n.da.ka.ra、ma.i.ni.chi.ka.ke.i.bo.tsu.ke.te.ru
我的個性一絲不苟，每天都不忘記帳。

46

<ruby>真<rt>ま</rt></ruby><ruby>面<rt>じ</rt></ruby><ruby>目<rt>め</rt></ruby>

ma.ji.me

47

<ruby>愛<rt>あい</rt></ruby><ruby>嬌<rt>きょう</rt></ruby>

a.i.kyo.o

48

<ruby>丈<rt>じょう</rt></ruby><ruby>夫<rt>ぶ</rt></ruby>

jo.o.bu

49

<ruby>顔<rt>かお</rt></ruby><ruby>色<rt>いろ</rt></ruby>

ka.o.i.ro

50

<ruby>般<rt>はん</rt></ruby><ruby>若<rt>にゃ</rt></ruby><ruby>面<rt>づら</rt></ruby>

ha.n.nya.du.ra

**46** 認真

同 真剣<sub>しんけん</sub> shi.n.ke.n

補 「真面」源自「まじろぐ（眨眼）」的「まじ」，「目」是眼睛的意思，指面無表情，只眨著眼睛，看起來很認真的模樣。
而「真面目」的漢字寫法，則是直接取其意義的借字。

例 真面目<sub>まじめ</sub>な性格<sub>せいかく</sub>だ。
ma.ji.me.na.se.i.ka.ku.da
認真的個性。

---

**47** 討喜

類 かわいらしい ka.wa.i.ra.shi.i：可愛的模樣

關 ひょうきん hyo.o.ki.n：滑稽好笑
度胸<sub>どきょう</sub> do.kyo.o：膽識、勇氣

例 愛嬌<sub>あいきょう</sub>がある女<sub>おんな</sub>の子<sub>こ</sub>。
a.i.kyo.o.ga.a.ru.o.n.na.no.ko
很討喜的女孩子。

---

**48** 強壯

類 健康<sub>けんこう</sub> ke.n.ko.o：健康

關 大丈夫<sub>だいじょうぶ</sub> da.i.jo.o.bu：沒問題、沒關係

補 也可以當作物品耐用、結實的意思。

例 丈夫<sub>じょうぶ</sub>な体<sub>からだ</sub>。
jo.o.bu.na.ka.ra.da
體格強壯。

---

**49** 臉色

類 顔<sub>かお</sub>つき ka.o.tsu.ki：表情

關 顔色<sub>かおつき</sub>が悪<sub>わる</sub>い ka.o.tsu.ki.ga.wa.ru.i：臉色很難看

例 今日<sub>きょう</sub>は顔色<sub>かおいろ</sub>いいね。
kyo.o.wa.ka.o.i.ro.i.i.ne
今天臉色不錯哦。

---

**50** 長相兇惡

補 據說是由一位名叫般若坊的僧侶所完成的面具而得名。代表的意思是受到忌妒與怨恨纏身而走火入魔的女子。

例 般若面<sub>はんにゃづら</sub>で怖<sub>こわ</sub>いよ。
ha.n.nya.du.ra.de.ko.wa.i.yo
長相兇惡讓人害怕。

51

# 丸坊主
ma.ru.bo.o.zu

52

# 角刈り
ka.ku.ga.ri

53

# 恵比須顔
e.bi.su.ga.o

54

# 二枚目
ni.ma.i.me

55

# 瓜二つ
u.ri.fu.ta.tsu

### 51 光頭

類 坊主 bo.o.zu：和尚、光頭

關 刈る ka.ru：剃、修剪

例 丸坊主って、夏は涼しそう。
ma.ru.bo.o.zu.t.te、na.tsu.wa.su.zu.shi.so.o
光頭在夏天看起來很涼快。

### 52 平頭

類 スポーツ刈り su.po.o.tsu.ga.ri：三分頭

關 ソフトモヒカン so.fu.to.mo.hi.ka.n：
龐克頭

刈り上げる ka.ri.a.ge.ru：推高

例 昔は角刈りが多いよね。
mu.ka.shi.wa.ka.ku.ga.ri.ga.o.o.i.yo.ne
以前很多人會留平頭。

### 53 笑臉

同 笑顔 e.ga.o

類 微笑む ho.ho.e.mu：微笑

ニコニコ ni.ko.ni.ko：笑咪咪

例 恵比須顔だね。何かいいことあった。
e.bi.su.ga.o.da.ne。na.ni.ka.i.i.ko.to.a.t.ta
笑容滿溢，是遇到了什麼好事？

補 「惠比須」是七福神之一，臉上掛滿笑容。所以「惠比須顏」指的就是笑臉。

### 54 美男子

類 ハンサム ha.n.sa.mu：帥

例 あの俳優は、二枚目だよね。
a.no.ha.i.yu.u.wa、ni.ma.i.me.da.yo.ne
那個演員是個美男子。

補 江戶時代歌舞伎劇場的 8 張演員名單，分別會介紹 8 位主要演員。其中「二枚目」就是扮演美男子的角色。另外，「三枚目（さんまいめ）」指的是丑角，愛搞笑的人。

### 55 一模一樣

同 そっくり so.k.ku.ri

類 似る ni.ru：相似

例 母と私は瓜二つでしょ。
ha.ha.to.wa.ta.shi.wa.u.ri.fu.ta.tsu.de.sho
我和媽媽長的很像吧。

補 切成兩半的瓜果，不管哪一邊都長得很像，所以以此作為譬喻。

56

じょう き げん
# 上機嫌
jo.o.ki.ge.n

57

かた おも
# 片思い
ka.ta.o.mo.i

58

む ちゅう
# 夢中
mu.chu.u

59

ぼっ とう
# 没頭
bo.t.to.o

60

たい くつ
# 退屈
ta.i.ku.tsu

### 56 好心情

反 不機嫌 fu.ki.ge.n：壞心情

關 気分 ki.bu.n：心情、感覺

例 いいことがあって、上機嫌なんだ。
i.i.ko.to.ga.a.t.te、jo.o.ki.ge.n.na.n.da
有好事，心情很好。

---

### 57 單相思

反 両思い ryo.o.o.mo.i：兩情相悅

關 恋愛成就 re.n.a.i.jo.o.ju：戀愛成功
恋人 ko.i.bi.to：戀人

例 中学の頃から彼に片思いなんだ。
chu.u.ga.ku.no.ko.ro.ka.ra.ka.re.ni.ka.ta.o.mo.i.na.n.da
從國中開始就單戀著他。

---

### 58 忘我、入迷

同 熱中 ne.c.chu.u

關 趣味 shu.mi：興趣

例 最近は、夢中になることがない。
sa.i.ki.n.wa、mu.chu.u.ni.na.ru.ko.to.ga.na.i
最近沒有讓我入迷的事情。

---

### 59 埋頭、專心

同 専念 se.n.ne.n

類 ハマる ha.ma.ru：沉迷

例 仕事に没頭する。
shi.go.to.ni.bo.t.to.o.su.ru
埋首於工作。

---

### 60 無聊

類 飽き飽き a.ki.a.ki：膩
暇 hi.ma：很閒

關 ひまつぶし hi.ma.tsu.bu.shi：打發時間

例 毎日、退屈でしょうがない。
ma.i.ni.chi、ta.i.ku.tsu.de.sho.o.ga.na.i
每天無聊的受不了。

しん ばい
# 心配
shi.n.pa.i

かん しん
# 感心
ka.n.shi.n

ぎょう てん
# 仰天
gyo.o.te.n

おお もの
# 大物
o.o.mo.no

かね もち
# 金持
ka.ne.mo.chi

### 61 擔心

類 心配性 shi.n.pa.i.sho.o：容易擔心的特質

不安 fu.a.n：不安

例 親はいつまでたっても子供を心配する。
o.ya.wa.i.tsu.ma.de.ta.t.te.mo.ko.do.mo.o.shi.n.pa.i.su.ru
父母親不管任何時候都牽掛著孩子。

### 62 佩服

類 称賛 sho.o.sa.n：讚嘆

例 彼の真面目さに感心した。
ka.re.no.ma.ji.me.sa.ni.ka.n.shi.n.shi.ta
對他的認真程度感到很佩服。

### 63 非常吃驚

同 びっくり bi.k.ku.ri

ドキッとする do.ki.t.to.su.ru

目を丸くする me.o.ma.ru.ku.su.ru

例 彼の行動に仰天する。
ka.re.no.ko.o.do.o.ni.gyo.o.te.n.su.ru
對他的舉動感到非常吃驚。

### 64 大人物

反 小物 ko.mo.no：小人物

類 偉い e.ra.i：了不起、地位高

關 勢力 se.i.ryo.ku：勢力

例 あの人大物俳優じゃない。
a.no.hi.to.o.o.mo.no.ha.i.yu.u.ja.na.i
那個演員不是一位大人物嗎？

### 65 有錢人

關 お金 o.ka.ne：錢

稼ぐ ka.se.gu：賺錢

株 ka.bu：股票

例 金持になりたいよ。
ka.ne.mo.chi.ni.na.ri.ta.i.yo
想變有錢人。

こん　やく　しゃ
# 婚約者
ko.n.ya.ku.sha

くろう　と
# 玄人
ku.ro.o.to

しろう　と
# 素人
shi.ro.o.to

よわ　むし
# 弱虫
yo.wa.mu.shi

おく　びょう　もの
# 臆病者
o.ku.byo.o.mo.no

## 66 未婚夫（妻）

例 彼は、私の婚約者なんだよ。
ka.re.wa、 wa.ta.shi.no.ko.n.ya.ku.sha.na.n.da.yo
他是我的未婚夫。

## 67 內行人

同 専門家 se.n.mo.n.ka

類 達人 ta.tsu.ji.n：達人

職業 sho.ku.gyo.o：職業

例 これは、玄人筋にうける話。
ko.re.wa、 ku.ro.o.to.su.ji.ni.u.ke.ru.ha.na.shi
這個話題連內行人都能接受。

## 68 外行人

類 未熟 mi.ju.ku：未成熟的

例 素人には、この内容はわからないよ。
shi.ro.o.to.ni.wa、 ko.no.na.i.yo.o.wa.wa.ka.ra.na.i.yo
這個內容對外行人來說太難了。

## 69 懦弱

同 小心者 sho.o.shi.n.mo.no

類 根性無し ko.n.jo.o.na.shi：沒主張

例 弱虫だから、よく泣く。
yo.wa.mu.shi.da.ka.ra、 yo.ku.na.ku
我很懦弱，所以很愛哭。

## 70 膽小鬼

例 臆病者だから、お化け屋敷
は無理。
o.ku.byo.o.mo.no.da.ka.ra、 o.ba.ke.ya.
shi.ki.wa.mu.ri
我很膽小，不敢去鬼屋。

關 弱い yo.wa.i：弱

鬱 u.tsu：憂鬱

落ち込む o.chi.ko.mu：心情低落

71

<ruby>泥<rt>どろ</rt></ruby><ruby>棒<rt>ぼう</rt></ruby>

do.ro.bo.o

72

<ruby>裏<rt>うら</rt></ruby><ruby>切<rt>ぎり</rt></ruby><ruby>者<rt>もの</rt></ruby>

u.ra.gi.ri.mo.no

73

<ruby>張<rt>ちょう</rt></ruby><ruby>本<rt>ほん</rt></ruby><ruby>人<rt>にん</rt></ruby>

cho.o.ho.n.ni.n

74

<ruby>女<rt>にょう</rt></ruby><ruby>房<rt>ぼう</rt></ruby>

nyo.o.bo.o

75

<ruby>旦<rt>だん</rt></ruby><ruby>那<rt>な</rt></ruby>

da.n.na

### 71 小偷

類 強盗 go.o.to.o：強盗

例 昔泥棒に入られた。
mu.ka.shi.do.ro.bo.o.ni.ha.i.ra.re.ta
以前曾遭過小偷。

### 72 叛徒

關 脅す o.do.su：威脅

例 この中に裏切者がいる。
ko.no.na.ka.ni.u.ra.gi.ri.mo.no.ga.i.ru
我們當中有人是叛徒。

### 73 罪魁禍首

關 騒動 so.o.do.o：騒動

補 「張本」是事端、起因的意思，加上「人」之後就變成罪魁禍首，主謀的意思。

例 この人がウソを言った張本人。
ko.no.hi.to.ga.u.so.o.i.t.ta.cho.o.ho.n.ni.n
這個人是說了謊的罪魁禍首。

### 74 老婆

同 家内 ka.na.i
　 妻 tsu.ma

例 俺の女房は、よくやってくれてるんだ。
o.re.no.nyo.o.bo.o.wa、yo.ku.ya.t.te.ku.re.te.ru.n.da
我老婆很會打理家事。

類 奥さん o.ku.sa.n：太太

關 夫婦 fu.u.fu：夫妻

### 75 先生

同 夫 o.t.to
　 主人 shu.ji.n

例 私の旦那さんは、すごく優しいの。
wa.ta.shi.no.da.n.na.sa.n.wa、su.go.ku.ya.sa.shi.i.no
我先生非常溫柔。

はな むこ
**花婿**
ha.na.mu.ko

はな よめ
**花嫁**
ha.na.yo.me

まい ご
**迷子**
ma.i.go

むすめ
**娘**
mu.su.me

おや ぶん
**親分**
o.ya.bu.n

### 76 新郎

同 新郎 shi.n.ro.o

關 結婚式 ke.k.ko.n.shi.ki：結婚典禮

例 私の花婿は、外国人なんだよ。
wa.ta.shi.no.ha.na.mu.ko.wa、ga.i.ko.ku.ji.n.na.n.da.yo
我的新郎是外國人。

### 77 新娘

同 新婦 shi.n.pu

關 花束 ha.na.ta.ba：花束

挙式 kyo.shi.ki：舉辦儀式

例 花嫁さんは、とてもきれい
な人。
ha.na.yo.me.sa.n.wa、to.te.mo.ki.re.i.na.
hi.to
新娘非常漂亮。

### 78 迷路的小孩

關 迷う ma.yo.u：迷失

動物 do.o.bu.tsu：動物

迷子札 ma.i.go.fu.da：名牌

例 迷子の子を交番へ連れて行
った。
ma.i.go.no.ko.o.ko.o.ba.n.e.tsu.re.te.i.t.ta
把迷路的小孩帶到警察局。

### 79 女兒

反 息子 mu.su.ko：兒子

類 お嬢さん o.jo.o.sa.n：令嬡

長女 cho.o.jo：長女

次女 ji.jo：次女

末っ子 su.e.k.ko：么子（女）

例 娘が三人もいるんだ。
mu.su.me.ga.sa.n.ni.n.mo.i.ru.n.da
我有三個女兒。

### 80 老大

反 子分 ko.bu.n：小弟

關 仮親 ka.ri.o.ya：養父母

例 やくざの親分は、人情義理堅い。
ya.ku.za.no.o.ya.bu.n.wa、ni.n.jo.o.gi.ri.ga.ta.i
黑道老大很重視人情義理。

81

はは おや じょう はつ
# 母親蒸発
ha.ha.o.ya.jo.o.ha.tsu

82

とし うえ
# 年上
to.shi.u.e

83

とし より
# 年寄
to.shi.yo.ri

84

が き
# 餓鬼
ga.ki

85

せい と
# 生徒
se.i.to

### 81 母親離家出走

**例** 母親蒸発して、今どこにいるのかわからない。
ha.ha.o.ya.jo.o.ha.tsu.shi.te、i.ma.do.ko.ni.i.ru.no.ka.wa.ka.ra.na.i
母親離家出走，現在毫無音訊。

**類** 家出 i.e.de：離家出走

**關** 父親 chi.chi.o.ya：父親

おふくろ o.fu.ku.ro：老媽

### 82 年長

**例** 年上には、礼儀をちゃんとしなさい。
to.shi.u.e.ni.wa、re.i.gi.o.cha.n.to.shi.na.sa.i
要對年長的長輩有禮貌。

**同** 年長 ne.n.cho.o

**反** 年下 to.shi.shi.ta：年紀小

**類** 先輩 se.n.pa.i：前輩

**關** 後輩 ko.o.ha.i：晚輩

### 83 老年人

**例** 年寄には、優しくね。
to.shi.yo.ri.ni.wa、ya.sa.shi.ku.ne
要對老年人親切哦。

**同** 高齢者 ko.o.re.i.sha

**關** 加齢臭 ka.re.i.shu.u：老人臭

老眼 ro.o.ga.n：老花眼鏡

### 84 小鬼

**例** うるさい餓鬼だ。
u.ru.sa.i.ga.ki.da
囉嗦的小鬼。

**同** 子供 ko.do.mo

**補** 指小孩的欲望，只要有想要的東西就會大哭大鬧，因此才會特別作為形容小孩（特別是男孩）

### 85 學生

**例** 生徒と今日はご飯を食べに行く。
se.i.to.to.kyo.o.wa.go.ha.n.o.ta.be.ni.i.ku
今天要和學生去吃飯。

**類** 学生 ga.ku.se.i：學生（大學）

**關** 高校生 ko.o.ko.o.se.i：高中生

中学生 chu.u.ga.ku.se.i：國中生

**補** 一般指國高中生。

# 用心棒
yo.o.ji.n.bo.o

# 入れ子
i.re.ko

# 呑気者
no.n.ki.mo.no

# 親指
o.ya.yu.bi

# 薬指
ku.su.ri.yu.bi

### 86 保鑣、警衛

同 ボディーガード bo.di.i.ga.a.do

補 「用心」為預備，「棒」為武器，為預備棒子在身上的意思。進而引伸為保鑣、警衛的意思。

例 アイドルは用心棒をやとっている。
a.i.do.ru.wa.yo.o.ji.n.bo.o.o.ya.to.t.te.i.ru
偶像都會雇用保鑣。

### 87 養子

同 養子 yo.u.shi

例 この子は入れ子なんだけど、自分の子供と同じ。
ko.no.ko.wa.i.re.ko.na.n.da.ke.do、ji.bu.n.no.ko.do.mo.to.o.na.ji
雖然這孩子是養子，但就跟自己的一樣。

類 養女 yo.o.jo：養女

關 里親 sa.to.o.ya：養父母

### 88 無憂無慮的人

關 楽楽 ra.ku.ra.ku：輕鬆

例 いつも呑気者なんだよね。
i.tsu.mo.no.n.ki.mo.no.na.n.da.yo.ne
這個人總是無憂無慮。

### 89 大拇指

關 拇印 bo.i.n：拇指印
朱肉 shu.ni.ku：紅色印泥

例 親指が一番大きい。
o.ya.yu.bi.ga.i.chi.ba.n.o.o.ki.i
大拇指最大。

### 90 無名指

關 手相 te.so.o：手相

例 薬指に結婚指輪をはめる。
ku.su.ri.yu.bi.ni.ke.k.ko.n.yu.bi.wa.o.ha.me.ru
把婚戒戴在無名指上。

ひと さし ゆび
# 人差指
hi.to.sa.shi.yu.bi

うで まえ
# 腕前
u.de.ma.e

にが て
# 苦手
ni.ga.te

え て
# 得手
e.te

かっ て
# 勝手
ka.t.te

### 91 食指

- 関 指差す yu.bi.sa.su：用手指（人、物）
- 小指 ko.yu.bi：小拇指

- 例 人差指で人を指差してはいけません。
hi.to.sa.shi.yu.bi.de.hi.to.o.yu.bi.sa.shi.te.wa.i.ke.ma.se.n
不可以用食指指人。

### 92 本事

- 同 手並み te.na.mi
- 関 腕を上げる u.de.o.a.ge.ru：提升技巧

- 例 料理の腕前をみせてもらおう。
ryo.o.ri.no.u.de.ma.e.o.mi.se.te.mo.ra.o.o
讓我看看你的料理本事吧。

### 93 不擅長

- 同 扱いにくい a.tsu.ka.i.ni.ku.i
- 反 得意 to.ku.i：擅長
- 関 人付き合い hi.to.du.ki.a.i：社交

- 例 辛いものが苦手なんだよね。
ka.ra.i.mo.no.ga.ni.ga.te.na.n.da.yo.ne
我不擅長吃辣。

### 94 拿手

- 反 不得手 fu.e.te：不拿手

- 例 私の得手は、料理かな。
wa.ta.shi.no.e.te.wa、ryo.o.ri.ka.na
我最拿手的應該是做菜。

### 95 任意

- 関 お任せ o.ma.ka.se：交付
- 勝手丼 ka.t.te.do.n：北海道釧路特產，以自助的方式組合成自己喜歡的海鮮丼飯。

- 例 彼はいつも勝手がいい。
ka.re.wa.i.tsu.mo.ka.t.te.ga.i.i
他總是擅作主張。

じ　まん
# 自慢
ji.ma.n

めい　わく
# 迷惑
me.i.wa.ku

じゃ　ま
# 邪魔
ja.ma

が　まん
# 我慢
ga.ma.n

しん　ぼう
# 辛抱
shi.n.bo.o

答

## 96 自豪

圓 プライド pu.ra.i.do：自尊
自慢話 ji.ma.n.ba.na.shi：吹噓

例 彼はいつも自慢話が多い。
ka.re.wa.i.tsu.mo.ji.ma.n.ba.na.shi.ga.o.o.i
他總是在說些吹捧自己的話。

## 97 添麻煩

類 不便 fu.be.n：不方便
迷惑メール me.i.wa.ku.me.e.ru：垃圾信
迷惑電話 me.i.wa.ku.de.n.wa：騷擾電話
オレオレ詐欺 o.re.o.re.sa.gi：假冒親友的詐騙

例 電話での大声は迷惑だ。
de.n.wa.de.no.o.o.go.e.wa.me.i.wa.ku.da
講電話這麼大聲會給人添麻煩。

## 98 打擾、妨礙

同 妨げる sa.ma.ta.ge.ru
關 邪魔者 ja.ma.mo.no：障礙物
お邪魔します o.ja.ma.shi.ma.su：打擾了

例 路上駐車は邪魔だ。
ro.jo.o.chu.u.sha.wa.ja.ma.da
車停在路邊很擋路。

## 99 忍耐

類 頑張る ga.n.ba.ru：努力

例 お金がないので、新しい服は我慢する。
o.ka.ne.ga.na.i.no.de、a.ta.ra.shi.i.fu.ku.wa.ga.ma.n.su.ru
因為沒錢只好忍耐不買新衣服。

## 100 忍耐

例 辛抱強い子供だな。
shi.n.bo.o.du.yo.i.ko.do.mo.da.na
真是個有耐心的孩子。

補 「我慢」和「辛抱」：雖然用法雷同，但使用上仍有些差異。
「我慢」：感覺上的痛苦、生理需求、欲望等，較為直接、短暫的口語說法。
「辛抱」：忍受在克難環境下生存，較常用在長時間的狀態，並帶有一種期許改變的心情。

101

きょう しゅく
恐縮
kyo.o.shu.ku

102

せい いっ ばい
精一杯
se.i.i.p.pa.i

103

いっ しょう けん めい
一生懸命
i.s.sho.o.ke.n.me.i

104

こう さん
降参
ko.o.sa.n

105

かん べん
勘弁
ka.n.be.n

### 101 惶恐、愧不敢當

類 感謝 ka.n.sha：感謝

例 彼の態度は、恐縮すぎる。
ka.re.no.ta.i.do.wa、kyo.o.shu.ku.su.gi.ru
他的態度太過於惶恐。

### 102 盡全力

同 力いっぱい chi.ka.ra.i.p.pa.i

例 精一杯がんばります。
se.i.i.p.pa.i.ga.n.ba.ri.ma.su
我會盡全力加油。

### 103 拼命地

類 必死 hi.s.shi：抱著必死決心

補 源自中世紀時期的武士堵上性命守護領土的精神。

例 一生懸命に勉強する。
i.s.sho.o.ke.n.me.i.ni.be.n.kyo.o.su.ru
拼命地讀書。

### 104 投降

類 負ける ma.ke.ru：輸

ギブアップ gi.bu.a.p.pu：放棄

服従 fu.ku.ju.u：服從

お手上げ o.te.a.ge：舉雙手投降

例 この問題難しすぎて、降参。
ko.no.mo.n.da.i.mu.zu.ka.shi.su.gi.te、
ko.o.sa.n
這個問題太難了，我投降。

### 105 原諒、饒恕

同 許す yu.ru.su

關 過失 ka.shi.tsu：過失

例 勘弁してください。もうしませんから。
ka.n.be.n.shi.te.ku.da.sa.i。mo.o.shi.ma.se.n.ka.ra
饒了我吧。不會有下次了。

**1**
**類語**

哪裡不同？

## 破産
は さん
ha.sa.n

VS

## 倒産
とう さん
to.o.sa.n

中文　破產。

哪裡不同？
破産：指公司或個人，無法償還債務，導致破產。重建的可能
性很低。例：株で破産した。（ka.bu.de.ha.sa.n.shi.ta，玩股票
導致破產）。

倒産：指公司營運困難，導致資金不足，無法繼續經營。但重
建的可能性很高。例：不況で会社が倒産した。（fu.kyo.o.de.
ka.i.sha.ga.to.o.sa.n.shi.ta，經濟不景氣導致公司破產）。

**2**
**早口**

日文繞口令

## 老若男女。
ろう にゃく なん にょ
ro.o.nya.ku.na.n.nyo。

解釋　老：「老人」的略稱。若：年輕人，「若者」的略稱。

中文　男女老幼、所有人。

補充　在這裡不能唸作「ろうじゃくだんじょ」。

**3**
**駄洒落**

日式冷笑話

## 次男が痔なんです。
じ なん　　じ
ji.na.n.ga.ji.na.n.de.su。

解釋　次男：次子。痔：痔瘡。なん：有緩和的語氣。

中文　次男有痔瘡。

# *Part 7* 新聞用語

01

ふ　しん　しゃ
# 不審者
fu.shi.n.sha

02

よう　ぎ　しゃ
# 容疑者
yo.o.gi.sha

03

まん　　び
# 万引き
ma.n.bi.ki

04

ち　かん
# 痴漢
chi.ka.n

05

かく　　　ご
# 隠し子
ka.ku.shi.go

## 01 可疑的人

例 <ruby>不審者<rt>ふ しん しゃ</rt></ruby>には、<ruby>要注意<rt>よう ちゅう い</rt></ruby>。
fu.shi.n.sha.ni.wa、yo.o.chu.u.i.
要小心可疑人物。

類 <ruby>怪<rt>あや</rt></ruby>しい a.ya.shi.i：可疑、奇怪

關 <ruby>声掛<rt>こえ か</rt></ruby>け ko.e.ka.ke：聲音叫住

補 日本警視廳會定期在網站上公布匯集各區所通報的可疑人士特徵、出沒地點等相關情報，以提醒家長、老師預防孩童發生危險。

## 02 嫌疑犯

例 <ruby>彼<rt>かれ</rt></ruby>は、<ruby>容疑者<rt>よう ぎ しゃ</rt></ruby>になってる。
ka.re.wa、yo.o.gi.sha.ni.na.t.te.ru
他變成嫌疑犯了。

關 <ruby>犯罪者<rt>はん ざい しゃ</rt></ruby> ha.n.za.i.sha：犯人
<ruby>犯罪<rt>はん ざい</rt></ruby> ha.n.za.i：犯罪
<ruby>自首<rt>じ しゅ</rt></ruby> ji.shu：自首
<ruby>被害者<rt>ひ がい しゃ</rt></ruby> hi.ga.i.sha：被害人

## 03 順手牽羊

例 <ruby>万引<rt>まん び</rt></ruby>き<ruby>行為<rt>こう い</rt></ruby>はよくない。
ma.n.bi.ki.ko.o.i.wa.yo.ku.na.i
順手牽羊的行為是不對的。

關 <ruby>窃盗罪<rt>せっ とう ざい</rt></ruby> se.t.to.o.za.i：竊盜罪

補 江戶時代開始的用語，語源眾說紛紜。其中「間引き（まびき）」的說法最有力。「間引き」為農夫拔除礙於作物生長的雜草的意思，這裡引申為從商品中胡亂取走的意思。

## 04 色狼

例 <ruby>痴漢<rt>ち かん</rt></ruby>にあったら、<ruby>叫<rt>さけ</rt></ruby>んで<ruby>助<rt>たす</rt></ruby>けをよぼう。
chi.ka.n.ni.a.t.ta.ra、sa.ke.n.de.ta.su.ke.o.yo.bo.o
碰到色狼要大聲呼救。

類 <ruby>変態<rt>へん たい</rt></ruby> he.n.ta.i：變態

關 <ruby>盗撮<rt>とう さつ</rt></ruby> to.o.sa.tsu：偷拍
チカンに<ruby>注意<rt>ちゅう い</rt></ruby> chi.ka.n.ni.chu.u.i：小心有色狼

## 05 私生子

例 あの<ruby>子<rt>こ</rt></ruby>は、<ruby>隠<rt>かく</rt></ruby>し<ruby>子<rt>ご</rt></ruby>なんだよ。
a.no.ko.wa、ka.ku.shi.go.na.n.da.yo
那孩子是私生子。

關 <ruby>交際<rt>こう さい</rt></ruby> ko.o.sa.i：交往
<ruby>愛人<rt>あい じん</rt></ruby> a.i.ji.n：情婦
<ruby>未婚出産<rt>み こん しゅっ さん</rt></ruby> mi.ko.n.shu.s.sa.n：未婚生子

あい　て
# 相手
a.i.te

べん　ご　し
# 弁護士
be.n.go.shi

だっ　しゅつ
# 脱出
da.s.shu.tsu

ら　ち
# 拉致
ra.chi

かみ　かく
# 神隠し
ka.mi.ka.ku.shi

**06** **對方、對象**

類 あいつ a.i.tsu：那傢伙（較粗魯）

補 可指一起共事的人，或是互相敵對的人。

例 結婚相手は、慎重に選ばなきゃ。
ke.k.ko.n.a.i.te.wa、shin.cho.o.ni.e.ra.ba.na.kya
結婚對象要慎重地選擇。

---

**07** **律師**

例 弁護士になるのが、私の夢
です。
be.n.go.shi.ni.na.ru.no.ga、wa.ta.shi.no.
yu.me.de.su
成為律師是我的夢想。

關 熱弁 ne.tsu.be.n：熱烈辯論
裁判官 sa.i.ba.n.ka.n：法官
司法書士 shi.ho.o.sho.shi：代書

---

**08** **脫逃**

關 苦境 ku.kyo.o：苦境
非常口 hi.jo.o.gu.chi：逃生門

例 最近脱出ゲームにはまってる。
sa.i.ki.n.da.s.shu.tsu.ge.e.mu.ni.ha.ma.t.te.ru
最近很迷逃脫遊戲。

---

**09** **綁架**

關 むりやり mu.ri.ya.ri：強迫
誘拐 yu.u.ka.i：誘拐

例 拉致事件は、今でも解決しない。
ra.chi.ji.ke.n.wa、i.ma.de.mo.ka.i.ke.tsu.shi.na.i
綁架事件，仍是現在難解的問題。

---

**10** **小孩失蹤**

補 「神隱」原意是被神鬼藏起來的孩子。用來安慰失蹤小孩的父母，解釋為小孩是因為被神鬼藏起來才遍尋不著。

例 神隠しにあっている村はある。
ka.mi.ka.ku.shi.ni.a.t.te.i.ru.mu.ra.wa.a.ru
有村子發生過小孩失蹤。

11

変死
he.n.shi

12

見通し
mi.to.o.shi

13

退治
ta.i.ji

14

共催
kyo.o.sa.i

15

目指す
me.za.su

### 11 死於非命

類 事故死 ji.ko.shi：遭遇事故死亡

例 見つかった時は、変死の状態だった。
mi.tsu.ka.t.ta.to.ki.wa、he.n.shi.no.jo.o.ta.i.da.t.ta
發現時，已經死於非命。

### 12 預測

同 予測 yo.so.ku

關 将来 sho.o.ra.i：將來
図星 zu.bo.shi：猜中

例 この計画で見通しが通った。
ko.no.ke.i.ka.ku.de.mi.to.o.shi.ga.to.o.t.ta
這個計畫和預期一樣。

### 13 消滅

關 対策 ta.i.sa.ku：對策

例 桃太郎は鬼退治にした。
mo.mo.ta.ro.o.wa.o.ni.ta.i.ji.ni.shi.ta
桃太郎把鬼消滅了。

### 14 共同主辦

類 主催 shu.sa.i：主辦
コラボ ko.ra.bo：共同合作、研究

關 協賛 kyo.o.sa.n：贊助

例 クリスマスパーティーを共催して行う。
ku.ri.su.ma.su.pa.a.ti.i.o.kyo.o.sa.i.shi.te.o.ko.na.u
和聖誕節派對共同舉辦。

### 15 目標

同 志す ko.ko.ro.za.su

關 目標を立てる mo.ku.hyo.o.o.ta.te.ru：建立目標

例 試合で優勝を目指す。
shi.a.i.de.yu.u.sho.o.o.me.za.su
以比賽獲勝作為目標。

16

て わた
# 手渡し
te.wa.ta.shi

17

し てき
# 指摘
shi.te.ki

18

たい ざい
# 滞在
ta.i.za.i

19

み ま
# 見舞い
mi.ma.i

20

とう げ こう
# 登下校
to.o.ge.ko.o

### 16 遞交

反 郵送 yu.u.so.o：郵寄

關 配達 ha.i.ta.tsu：配送、傳遞

例 手渡しでプレゼントを渡す。
te.wa.ta.shi.de.pu.re.ze.n.to.o.wa.ta.su
親手遞交禮物。

### 17 指責

類 注意 chu.u.i：叮嚀
批判 hi.ha.n：批判

關 コメント ko.me.n.to：回應
毒舌 do.ku.ze.tsu：毒舌

例 間違いを指摘された。
ma.chi.ga.i.o.shi.te.ki.sa.re.ta
被指責錯誤。

### 18 停留

類 宿泊 shu.ku.ha.ku：在外投宿

關 不法滞在 fu.ho.o.ta.i.za.i：偷渡客、非法移民

例 二週間のアメリカ滞在旅行。
ni.shu.u.ka.n.no.a.me.ri.ka.ta.i.za.i.ryo.ko.o
展開為期兩週的美國之旅。

### 19 探病

關 入院 nyu.u.i.n：住院
見舞金 mi.ma.i.ki.n：探病禮金

例 友達の見舞いにいく。
to.mo.da.chi.no.mi.ma.i.ni.i.ku
去給朋友探病。

### 20 上下學

同 通学 tsu.u.ga.ku

反 不登校 fu.to.o.ko.o：拒絕上學

關 中退 chu.u.ta.i：輟學

例 危ないのでみんなで登下校する。
a.bu.na.i.no.de.mi.n.na.de.to.o.ge.ko.o.su.ru
因為很危險所以大家一起上下學。

21

みなお
見直す
mi.na.o.su

22

かわせ
為替
ka.wa.se

23

かぶ か てい めい
株価低迷
ka.bu.ka.te.i.me.i

24

にゅう さつ
入札
nyu.u.sa.tsu

25

はな ぐすり
鼻薬
ha.na.gu.su.ri

---

### 21 重新評價

> 類 再検討 sa.i.ke.n.to.o：重新檢討
>
> 關 改める a.ra.ta.me.ru：重新
>
> 点検 te.n.ke.n：仔細檢查

例 彼を見直した。
ka.re.o.mi.na.o.shi.ta
重新對他有不同的見解。

---

### 22 匯兌

> 關 為替レート ka.wa.se.re.e.to：匯率

例 為替レートを確認して、両替する。
ka.wa.se.re.e.to.o.ka.ku.ni.n.shi.te、ryo.o.ga.e.su.ru
確定匯率後換匯。

---

### 23 股價低迷

> 類 右肩下がり mi.gi.ka.ta.sa.ga.ri：走勢低

例 株価低迷で、頭を抱える。
ka.bu.ka.te.i.me.i.de、a.ta.ma.o.ka.ka.e.ru
股價低迷，真傷腦筋。

---

### 24 投標

> 類 競争入札 kyo.o.so.o.nyu.u.sa.tsu：競標

例 絵画の入札に失敗した。
ka.i.ga.no.nyu.u.sa.tsu.ni.shi.p.pa.i.shi.ta
繪畫投標失敗了。

---

### 25 少額賄賂

> 類 賄賂 wa.i.ro：賄賂

> 補 原指鼻子用的藥。引申為賄賂的意思是源自於江戶時代，本來是為了安撫發出鼻音哭泣的小孩所給的點心，因此這個止住發出鼻音哭泣的特效藥，就被稱作「鼻薬」。後來轉為安撫對方所使用的贈品，也就是賄賂的意思。

例 相手に鼻薬をきかせる。
a.i.te.ni.ha.na.gu.su.ri.o.ki.ka.se.ru
給對方少額賄賂。

---

26

がでんいんすい
# 我田引水
ga.de.n.i.n.su.i

27

いちじききゅう
# 一時帰休
i.chi.ji.ki.kyu.u

28

とにゅうがく
# 飛び入学
to.bi.nyu.u.ga.ku

29

しめいてはい
# 指名手配
shi.me.i.te.ha.i

30

くろきり
# 黒い霧
ku.ro.i.ki.ri

## 26 追求私利

例 その理屈は我田引水に過ぎる。
so.no.ri.ku.tsu.wa.ga.de.n.i.n.su.i.ni.su.gi.ru

這個理論只是在追求私利。

類 自己中 ji.ko.chu.u：自私

関 牽強付会 ke.n.kyo.o.fu.ka.i：生拉硬扯，勉強湊合

補 原義為將水引到自己的田裡，引伸為自私自利的意思。

---

## 27 無薪假

例 この会社は一時帰休制がある。
ko.no.ka.i.sha.wa.i.chi.ji.ki.kyu.u.se.i.ga.a.ru

這家公司有無薪假的制度。

関 業績 gyo.o.se.ki：業績
休業 kyu.u.gyo.o：停業

---

## 28 跳級入學

例 外国は、飛び入学出来るところもある。
ga.i.ko.ku.wa、to.bi.nyu.u.ga.ku.de.ki.ru.to.ko.ro.mo.a.ru

在國外有跳級入學的制度。

関 エリート e.ri.i.to：精英
優等生 yu.u.to.o.se.i：資優生
留年 ryu.u.ne.n：留級

---

## 29 通緝

例 指名手配犯を見つけた。
shi.me.i.te.ha.i.ha.n.o.mi.tsu.ke.ta

發現通緝犯了。

関 逃亡 to.o.bo.o：逃亡
テロ te.ro：恐怖攻擊
懸賞金 ke.n.sho.o.ki.n：賞金

---

## 30 黑幕

例 政界の黒い霧は、いつまでもはれない。
se.i.ka.i.no.ku.ro.i.ki.ri.wa、i.tsu.ma.de.mo.ha.re.na.i

政治界黑幕沒有光明的一天。

関 不正 fu.se.i：不正當

補 由松本清張的小說「日本の黒霧」而來的。指政治界、財經界的大人物濫用職權，為所欲為。

**1**
**類語**

哪裡不同？

# 捜査 VS 捜索

そう　さ
so.o.sa

そう　さく
so.o.sa.ku

**中文** 搜查。

**哪裡不同？**
捜査：指事件發生後，展開一連串搜查動作。例：盗難事件を
捜査する。（to.o.na.n.ji.ke.no.so.o.sa.su.ru，搜查搶劫案件）。
捜索：經過法令許可，進行強制性的搜查。例：家宅捜索。（ka.
ta.ku.so.o.sa.ku，搜查住家）。

**2**
**早口**

日文繞口令

にわ　　　　とり　　　に　わ
# 庭には鶏が二羽いました。

ni.wa.ni.wa.to.ri.ga.ni.wa.i.ma.shi.ta.

**解釋** 庭：庭院。鶏：雞。二羽：兩隻。〜羽：〜隻（鳥類、兔子）。
いました：有（過去式）。

**中文** 庭院裡有兩隻雞。

**3**
**駄洒落**

日式冷笑話

とびら　し
# しまった！扉が閉まった。

shi.ma.t.ta! to.bi.ra.ga.shi.ma.t.ta。

**解釋** しまった：糟糕了。しまう的過去式。扉：門。閉まった：關上了。
閉まる (shi.ma.ru) 的過去式。

**中文** 糟了！門關了。

# Part8 包羅萬象

01

こう ざ
口座
ko.o.za

02

はん こ
判子
ha.n.ko

03

り し
利子
ri.shi

04

き ふ
寄付
ki.fu

05

よ きん
預金
yo.ki.n

## 01 戸頭

関 銀行 gi.n.ko.o：銀行
名義 me.i.gi：帳戶人
支店 shi.te.n：分店

例 口座を開く。
ko.o.za.o.hi.ra.ku
開戶。

## 02 印章

反 朱肉 shu.ni.ku：印泥

補 從「版行（はんこう）」音變而來，有出版的意思，由於反覆印出相同內容，所以就像印章一樣。「判子」則為借字。

例 判子を押す。
ha.n.ko.o.o.su
蓋印章。

## 03 利息

関 貸借 ta.i.sha.ku：借貸
質屋 shi.chi.ya：當鋪
高利貸 ko.o.ri.ga.shi：高利貸

例 お金を借りると利子が高い。
o.ka.ne.o.ka.ri.ru.to.ri.shi.ga.ta.ka.i
借錢的話、利息很高。

## 04 捐款

類 募金 bo.ki.n：募款

関 ボランティア bo.ra.n.ti.a：志工
献血 ke.n.ke.tsu：捐血

例 毎年決まった金額を寄付する。
ma.i.to.shi.ki.ma.t.ta.ki.n.ga.ku.o.ki.fu.su.ru
每年都會有固定金額作捐款使用。

## 05 存款

関 定期預金 te.i.ki.yo.ki.n：定存
外貨 ga.i.ka：外幣

例 預金額が 500 万になった。
yo.ki.n.ga.ku.ga.go.hya.ku.ma.n.ni.na.t.ta
存款有500萬了。

<ruby>札<rt>さつ</rt></ruby>

sa.tsu

<ruby>小<rt>こ</rt></ruby><ruby>銭<rt>ぜに</rt></ruby>

ko.ze.ni

<ruby>両<rt>りょう</rt></ruby><ruby>替<rt>がえ</rt></ruby>

ryo.o.ga.e

<ruby>小<rt>こ</rt></ruby><ruby>切<rt>ぎっ</rt></ruby><ruby>手<rt>て</rt></ruby>

ko.gi.t.te

<ruby>暗<rt>あん</rt></ruby><ruby>証<rt>しょう</rt></ruby><ruby>番<rt>ばん</rt></ruby><ruby>号<rt>ごう</rt></ruby>

a.n.sho.o.ba.n.go.o

**06** 鈔票

類 硬貨 ko.o.ka：硬幣

千円札 se.n.e.n.sa.tsu：千圓鈔

例 札束ってあまり見たことない。
sa.tsu.ta.ba.t.te.a.ma.ri.mi.ta.ko.to.na.i
還沒看過一疊的紙鈔。

**07** 零錢

類 おつり o.tsu.ri：找零

關 小銭入れ ko.ze.ni.i.re：零錢包

例 小銭がたくさんだと財布が
重い。
ko.ze.ni.ga.ta.ku.sa.n.da.to.sa.i.fu.ga.o.mo.i
零錢一多，錢包就會很重。

**08** (兌) 換錢

關 手数料 te.su.u.ryo.o：手續費

例 日本円に両替しなきゃ。
ni.ho.n.e.n.ni.ryo.o.ga.e.shi.na.kya
得換日幣了。

**09** 支票

類 支払う shi.ha.ra.u：支付

不渡り fu.wa.ta.ri：跳票

例 小切手で給料が支払われた。
ko.gi.t.te.de.kyu.u.ryo.o.ga.shi.ha.ra.wa.re.ta
以支票的方式拿薪水。

**10** 密碼

同 パスワード pa.su.wa.a.do

關 キャッシュカード kya.s.shu.ka.a.do：
金融卡

桁 ke.ta：～碼 (數字單位)

例 暗証番号って、覚えられな
い。
a.n.sho.o.ba.n.go.o.t.te、o.bo.e.ra.re.na.i
密碼記不起來。

11

ふ きょう
# 不況
fu.kyo.o

12

ざん だか
# 残高
za.n.da.ka

13

て がた
# 手形
te.ga.ta

14

ふり こみ
# 振込
fu.ri.ko.mi

15

て がみ
# 手紙
te.ga.mi

### 11 不景氣

反 好況 ko.o.kyo.o：景氣好

関 リストラ ri.su.to.ra：裁員

　首になる ku.bi.ni.na.ru：解雇

例 この不況は、いつまで続くのかな。
ko.no.fu.kyo.o.wa、i.tsu.ma.de.tu.du.ku.no.ka.na
不景氣要到何時。

### 12 (存款) 餘額

関 残高照会 za.n.da.ka.sho.o.ka.i：查詢餘額

例 預金の残高が、少なくなってきている。
yo.ki.n.no.za.n.da.ka.ga、su.ku.na.ku.na.t.te.ki.te.i.ru
存款餘額慢慢地減少。

### 13 票據

補 「手形」指的是塗上墨水的掌心，蓋在紙上所留下來的形狀。在古代為蓋在文件上，作為日後的憑證使用。

例 お役所の手形をうけとる。
o.ya.ku.sho.no.te.ga.ta.o.u.ke.to.ru
收到區公所的票據。

### 14 存入、匯款

類 振込予約 fu.ri.ko.mi.yo.ya.ku：預約轉帳

関 振り込め詐欺 fu.ri.ko.me.sa.gi：匯款詐騙

例 お給料はすべて振込でおねがいします。
o.kyu.u.ryo.o.wa.su.be.te.fu.ri.ko.mi.de.o.ne.ga.i.shi.ma.su
請將薪水全部用匯的。

### 15 信

関 横書き yo.ko.ga.ki：橫式

　縦書き ta.te.ga.ki：直式

　郵便局 yu.u.bi.n.kyo.ku：郵局

　郵便ポスト yu.u.bi.n.po.su.to：郵筒

例 手紙を書く人が今じゃ少ない。
te.ga.mi.o.ka.ku.hi.to.ga.i.ma.ja.su.ku.na.i
現在寫信的人越來越少。

16

きっ て
# 切手
ki.t.te

17

けし いん
# 消印
ke.shi.i.n

18

かき とめ
# 書留
ka.ki.to.me

19

げん きん かき とめ
# 現金書留
ge.n.ki.n.ka.ki.to.me

20

そく たっ
# 速達
so.ku.ta.tsu

### 16 郵票

類 記念切手 ki.ne.n.ki.t.te：紀念郵票

例 切手を貼って、手紙を出す。
ki.t.te.o.ha.t.te、te.ga.mi.o.da.su
貼上郵票，把信寄出去。

### 17 郵戳

關 当日消印有効 to.o.ji.tsu.ke.shi.i.n.yu.u.ko.o：當日郵戳有效

例 消印がどこか分からない。
ke.shi.i.n.ga.do.ko.ka.wa.ka.ra.na.i
找不到郵戳在哪裡。

### 18 掛號

關 国際郵便 ko.ku.sa.i.yu.u.bi.n：國際包裹
印刷物 i.n.sa.tsu.bu.tsu：印刷品

グリーティングカード gu.ri.i.ti.n.gu.ka.a.do：賀卡

例 郵便書留は安全だよね。
yu.u.bi.n.ka.ki.to.me.wa.a.n.ze.n.da.yo.ne
掛號很安全。

### 19 現金袋

關 祝儀袋 shu.u.gi.bu.ku.ro：紅包袋（結婚、生產、賀壽等使用）

お年玉袋 o.to.shi.da.ma.bu.ku.ro：紅包袋（過年時使用）

例 お祝いは現金書留で届ける。
o.i.wa.i.wa.ge.n.ki.n.ka.ki.to.me.de.to.do.ke.ru
禮金用現金袋寄出。

### 20 限時專送

關 急ぎ i.so.gi：緊急
代金 da.i.ki.n：費用

例 この手紙は速達でお願いします。
ko.no.te.ga.mi.wa.so.ku.ta.tsu.de.o.ne.ga.i.shi.ma.su
這封信請用限時專送寄出。

21

しょしょばこ
私書箱
shi.sho.ba.ko

22

さしだしにん
差出人
sa.shi.da.shi.ni.n

23

だんち
団地
da.n.chi

24

べっそう
別荘
be.s.so.o

25

りょう
寮
ryo.o

答

---

**21** 郵政信箱

例 私書箱を利用させてもらってる。
shi.sho.ba.ko.o.ri.yo.o.sa.se.te.mo.ra.t.te.ru
現在用郵政信箱。

関 ロッカー ro.k.ka.a：置物櫃

---

**22** 寄信人

例 差出人を確認してから受け取ろう。
sa.shi.da.shi.ni.n.o.ka.ku.ni.n.shi.te.ka.ra.u.ke.to.ro.o
確認寄件人後再收件。

関 メールアドレス me.e.ru.a.do.re.su：電子郵件地址

件名 ke.n.me.i：標題

---

**23** 社區

例 団地は、広いから迷子になる。
da.n.chi.wa、hi.ro.i.ka.ra.ma.i.go.ni.na.ru
因為社區很大，所以容易迷路。

関 マンション ma.n.sho.n：大樓

アパート a.pa.a.to：公寓

近所 ki.n.jo：鄰居

---

**24** 別墅

例 軽井沢に別荘をもってる。
ka.ru.i.za.wa.ni.be.s.so.o.mo.t.te.ru
在輕井澤有別墅。

類 リゾートマンション ri.zo.o.to.ma.n.sho.n：休閒度假大樓

関 一戸建て i.k.ko.da.te：獨棟

---

**25** 宿舍

例 学生寮にすんでいます。
ga.ku.se.i.ryo.o.ni.su.n.de.i.ma.su
我住在學生宿舍。

類 学生寮 ga.ku.se.i.ryo.o：學生宿舍

社員寮 sha.i.n.ryo.o：員工宿舍

---

26

おお　や
大家

o.o.ya

27

や　　ちん
家賃

ya.chi.n

28

る　す
留守

ru.su

29

ひょう　さつ
表札

hyo.o.sa.tsu

30

かく　へき
隔壁

ka.ku.he.ki

**26** 房東

- 關 契約 ke.i.ya.ku：契約
- 保証人 ho.sho.o.ni.n：保證人

- 例 大家がいい人で、とても安心だ。
  o.o.ya.ga.i.i.hi.to.de、to.te.mo.a.n.shi.n.da
  房東人很好，讓人安心。

**27** 房租

- 關 礼金 re.i.ki.n：禮金
- 敷金 shi.ki.ki.n：押金

- 例 東京は、家賃が高い。
  to.o.kyo.o.wa、ya.chi.n.ga.ta.ka.i
  東京的房租很貴。

**28** 不在

- 類 外出 ga.i.shu.tsu：外出
- 關 留守番 ru.su.ba.n：看家
- 留守番電話 ru.su.ba.n.de.n.wa：語音電話

- 例 二三日留守にする。
  ni.sa.n.ni.chi.ru.su.ni.su.ru
  會有兩三天不在。

**29** 門牌

- 關 風水 fu.u.su.i：風水
- 名前 na.ma.e：姓名

- 例 表札をかかげる。
  hyo.o.sa.tsu.o.ka.ka.ge.ru
  掛門牌。

**30** 隔間的牆壁

- 同 仕切り shi.ki.ri
- 類 壁 ka.be：牆壁

- 例 このアパートの隔壁が薄い。
  ko.no.a.pa.a.to.no.ka.ku.he.ki.ga.u.su.i
  這個公寓的隔間很薄。

31

えん とつ
**煙突**
e.n.to.tsu

32

てん じょう
**天井**
te.n.jo.o

33

ゆか
**床**
yu.ka

34

かい だん
**階段**
ka.i.da.n

35

だい どころ
**台所**
da.i.do.ko.ro

### 31 煙囪

例 煙突があるってことは、
暖炉があるよね。
e.n.to.tsu.ga.a.ru.t.te.ko.to.wa、da.n.ro.
ga.a.ru.yo.ne
有煙囪就表示有暖爐吧。

關 煙 ke.mu.ri：煙
暖炉 da.n.ro：暖爐
パイプ pa.i.pu：菸斗

### 32 天花板

例 いきなり天井が落ちてきた。
i.ki.na.ri.te.n.jo.o.ga.o.chi.te.ki.ta
天花板突然掉下來了。

關 天井画 te.n.jo.o.ga：天花板畫
ライト ra.i.to：燈

### 33 地板

例 今床を拭いたばかりだから、すべるよ。
i.ma.yu.ka.o.fu.i.ta.ba.ka.ri.da.ka.ra、su.be.ru.yo
剛剛才擦過地板，小心會滑。

關 畳 ta.ta.mi：榻榻米
板敷き i.ta.ji.ki：木地板

### 34 樓梯

例 年をとると階段の上り下り
がつらい。
to.shi.o.to.ru.to.ka.i.da.n.no.no.bo.ri.o.ri.
ga.tsu.ra.i
年紀一大，上下樓梯變得很辛苦。

類 螺旋階段 ra.se.n.ka.i.da.n：螺旋樓梯
エスカレーター e.su.ka.re.e.ta.a：手扶梯

關 はしご ha.shi.go：梯子

### 35 廚房

例 今は便利な台所用品がたく
さんある。
i.ma.wa.be.n.ri.na.da.i.do.ko.ro.yo.o.hi.n.
ga.ta.ku.sa.n.a.ru
現在有很多方便的廚房用品。

同 キッチン ki.c.chi.n

關 食堂 sho.ku.do.o：餐廳
料理 ryo.o.ri：料理
ガス ga.su：瓦斯
エプロン e.pu.ro.n：圍裙

36

# 部屋
へや
he.ya

 37

# 雨戸
あま と
a.ma.do

 38

# 網戸
あみ と
a.mi.do

 39

# 居間
い ま
i.ma

 40

# 屋根
や ね
ya.ne

### 36 房間

例 週末は部屋の掃除しなきゃ。
shu.u.ma.tsu.wa.he.ya.no.so.o.ji.shi.na.kya
週末得打掃房間了。

關 片付け ka.ta.du.ke：整理
廊下 ro.o.ka：走廊
寝室 shi.n.shi.tsu：寢室
押入れ o.shi.i.re：日式壁櫥

---

### 37 擋雨窗板

例 寝る時は雨戸を閉めてから寝る。
ne.ru.to.ki.wa.a.ma.do.o.shi.me.te.ka.ra.ne.ru
睡覺時把擋雨板關上再睡。

關 シャッター sha.t.ta.a：鐵捲門

---

### 38 紗窗

例 猫が網戸を引っ掻いてる。
ne.ko.ga.a.mi.do.o.hi.k.ka.i.te.ru
貓咪在抓紗窗。

關 玄関 ge.n.ka.n：玄關
窓 ma.do：窗戶
蚊帳 ka.ya：蚊帳

---

### 39 客廳

例 居間でみんなでおしゃべり
お茶会。
i.ma.de.mi.n.na.de.o.sha.be.ri.o.cha.ka.i
在客廳和大家一起聊天喝茶。

同 リビングルーム ri.bi.n.gu.ru.u.mu

關 ちゃぶ台 cha.bu.da.i：矮餐桌
トイレ to.i.re：洗手間

---

### 40 屋頂

例 日本は昔瓦屋根の家がほと
んどだ。
ni.ho.n.wa.mu.ka.shi.ka.wa.ra.ya.ne.no.
u.chi.ga.ho.to.n.do.da
從前的日本，屋頂幾乎都是屋瓦蓋成的。

關 片流れ ka.ta.na.ga.re：斜屋頂
陸屋根 ri.ku.ya.ne：平屋頂
屋上 o.ku.jo.o：屋頂

41

や　ね　うら　べ　や
# 屋根裏部屋
ya.ne.u.ra.be.ya

42

ゆ　ぶね
# 湯船
yu.bu.ne

43

じゃ　ぐち
# 蛇口
ja.gu.chi

44

べん　きょう　づくえ
# 勉強机
be.n.kyo.o.zu.ku.e

45

くし
# 櫛
ku.shi

### 41 閣樓

關 インテリア i.n.te.ri.a：室內設計

物置 mo.no.o.ki：倉庫

例 屋根裏部屋は、子供たちの秘密の遊び場だ。
ya.ne.u.ra.be.ya.wa、ko.do.mo.ta.chi.no.hi.mi.tsu.no.a.so.bi.ba.da
閣樓是孩子們的秘密基地。

### 42 浴缸

同 浴槽 yo.ku.so.o

關 風呂 fu.ro：泡澡

タオル ta.o.ru：毛巾

入浴剤 nyu.u.yo.ku.za.i：泡澡粉／劑

例 湯船にゆっくりつかって、リラックス。
yu.bu.ne.ni.yu.k.ku.ri.tsu.ka.t.te、ri.ra.k.ku.su
在浴缸裡舒服的泡澡，很放鬆。

### 43 水龍頭

類 流し台 na.ga.shi.da.i：流理台

シャワーヘッド sha.wa.a.he.d.do：蓮蓬頭

水漏れ mi.zu.mo.re：漏水

例 蛇口から勢いよく水が出てきた。
ja.gu.chi.ka.ra.i.ki.o.i.yo.ku.mi.zu.ga.de.te.ki.ta
從水龍頭湧出了大量的水來。

### 44 書桌

同 学習机 ga.ku.shu.u.du.ku.e

關 チェア che.a：椅子

ワゴン wa.go.n：活動櫃

例 小学校に入る時、勉強机を買ってもらった。
sho.o.ga.k.ko.o.ni.ha.i.ru.to.ki、be.n.kyo.o.zu.ku.e.o.ka.t.te.mo.ra.t.ta
上小學時，父母買了書桌給我。

### 45 梳子

類 ヘアブラシ he.a.bu.ra.shi：圓梳

例 櫛で髪を梳く。
ku.shi.de.ka.mi.o.su.ku
用梳子梳頭。

46

くま で
# 熊手
ku.ma.de

47

きゅう りょう
# 給料
kyu.u.ryo.o

48

げっ きゅう
# 月給
ge.k.kyu.u

49

げっ しゃ
# 月謝
ge.s.sha

50

しゅっ ちょう
# 出張
shu.c.cho.o

### 46 竹爪掃帚

**同** レーキ re.e.ki

**補** 在日本有「採集」幸運、財運的意思，因此被當作象徵生意興隆的吉祥物。

**例** 熊手で落ち葉をあつめる。
ku.ma.de.de.o.chi.ba.o.a.tsu.me.ru
用竹爪掃帚把落葉收集在一起。

### 47 薪水

**同** 報酬 ho.o.shu.u

**類** 手当 te.a.te：津貼
年金 ne.n.ki.n：年終獎金
社員旅行 sha.i.n.ryo.ko.o：員工旅遊
ボーナス bo.o.na.su：獎金

**例** 給料が全然あがらない。
kyu.u.ryo.o.ga.ze.n.ze.n.a.ga.ra.na.i
薪水完全沒有漲。

### 48 月薪

**類** 日給 ni.k.kyu.u：日薪
時給 ji.kyu.u：時薪
手取り te.do.ri：實拿薪水

**例** 今の会社の月給 25 万円しかない。
i.ma.no.ka.i.sha.no.ge.k.kyu.u.ni.ju.u.go.ma.n.e.n.shi.ka.na.i
現在的公司每個月只給25萬日圓。

### 49 每月的學費

**同** 授業料 ju.gyo.o.ryo.o
学費 ga.ku.hi

**關** 塾 ju.ku：補習班

**例** 子供たちの月謝ってばかにならない。
ko.do.mo.ta.chi.no.ge.s.sha.t.te.ba.ka.ni.na.ra.na.i
孩子每個月的學費可不能少。

### 50 出差

**關** 単身赴任 ta.n.shi.n.fu.ni.n：獨自外派（沒有和家人同住，隻身一人在外地工作）
出張先 shu.c.cho.o.sa.ki：出差地點

**例** 出張費用ちゃんとでるかな。
shu.c.cho.o.hi.yo.o.cha.n.to.de.ru.ka.na
公司會出所有的出差費吧。

51

<ruby>退<rt>たい</rt></ruby><ruby>社<rt>しゃ</rt></ruby>

ta.i.sha

52

<ruby>退<rt>たい</rt></ruby><ruby>勤<rt>きん</rt></ruby>

ta.i.ki.n

53

<ruby>重<rt>じゅう</rt></ruby><ruby>役<rt>やく</rt></ruby>

ju.u.ya.ku

54

<ruby>新<rt>しん</rt></ruby><ruby>米<rt>まい</rt></ruby>

shi.n.ma.i

55

<ruby>当<rt>とう</rt></ruby><ruby>番<rt>ばん</rt></ruby>

to.o.ba.n

### 51 辞職

同 退職 ta.i.sho.ku

関 出向 shu.k.ko.o：調派
転勤 te.n.ki.n：調職

例 昨年この会社を退社しました。
sa.ku.ne.n.ko.no.ka.i.sha.o.ta.i.sha.shi.ma.shi.ta
去年從這家公司辭職了。

補 也有指下班的意思。

---

### 52 下班

反 出勤 shu.k.ki.n：出勤
関 残業 za.n.gyo.o：加班

例 午後6時きっかり退勤した。
go.go.ro.ku.ji.ki.k.ka.ri.ta.i.ki.n.shi.ta
準時下午六點下班。

---

### 53 重要職位

類 役目 ya.ku.me：職務
取締役会 to.ri.shi.ma.ri.ya.ku.ka.i：董事會

例 将来重役にまでのぼりつめたいな。
sho.o.ra.i.ju.u.ya.ku.ni.ma.de.no.bo.ri.tsu.me.ta.i.na
將來想爬到重要職位。

---

### 54 新手

同 初心者 sho.shi.n.sha

例 新米は新米らしく、
行動しないとね。
shi.n.ma.i.wa.shi.n.ma.i.ra.shi.ku、
ko.o.do.o.shi.na.i.to.ne
新人就是要有新人的樣子。

補 江戶時代隨扈會著上「前掛け（まえかけ）（圍裙）」，新雇用的人會穿上新的圍裙，所以被稱為是「新前掛け（しんまえかけ）」，略稱為「新前（しんまえ）」，後來轉稱為「シンマイ」，新米則為借字。

---

### 55 值勤、輪流

類 給食当番 kyu.u.sho.ku.to.o.ba.n：營養午餐值日生
関 当番表 to.o.ba.n.hyo.o：班表

例 部屋の掃除は、当番制ね。
he.ya.no.so.o.ji.wa、to.o.ba.n.se.i.ne
打掃房間是輪流制。

56

ばん にん
# 番人
ba.n.ni.n

57

みせ ばん
# 店番
mi.se.ba.n

58

ぼう ねん かい
# 忘年会
bo.o.ne.n.ka.i

59

おや かた ひ まる
# 親方日の丸
o.ya.ka.ta.hi.no.ma.ru

60

あお じゃ しん
# 青写真
a.o.ja.shi.n

**56** 値班人

類 担当 ta.n.to.o：負責

例 今日は番人だから、早めの出社。
kyo.o.wa.ba.n.ni.n.da.ka.ra、ha.ya.me.no.shu.s.sha
今天值班，所以要提早上班。

**57** 顧店

類 代理人 da.i.ri.ni.n：代理人
アルバイト a.ru.ba.i.to：打工

例 お母さんに店番頼まれちゃった。
o.ka.a.sa.n.ni.mi.se.ba.n.ta.no.ma.re.cha.t.ta
媽媽拜託我幫忙看店。

**58** 尾牙

類 宴会 e.n.ka.i.：宴會
新年会 shi.n.ne.n.ka.i：春酒
送別会 so.o.be.tsu.ka.i：惜別會
歡迎会 ka.n.ge.i.ka.i：歡迎會
無礼講 bu.re.i.ko.o：不講虛禮的宴會

例 忘年会は、盛大にやろうよ。
bo.o.ne.n.ka.i.wa、se.i.da.i.ni.ya.ro.o.yo
把尾牙舉辦的盛大一點吧。

**59** 鐵飯碗

類 公務員 ko.o.mu.i.n：公務員

例 この仕事は、親方日の丸だか
ら安心だね。
ko.no.shi.go.to.wa、o.ya.ka.ta.hi.no.ma.ru.
da.ka.ra.a.n.shi.n.da.ne
這個工作是鐵飯碗，所以很安心。

補 「親方」為經營者，「日の丸」為「日本政府、國家」，本指「國營企業」，但由於國營體系給人不好的印象，例如在執行業務上很隨便、態度傲慢，經常失誤以及經營上的問題，因此這句話就被作為揶揄使用。

**60** 藍圖

類 設計図 se.k.ke.i.zu：設計圖

例 人生の青写真。
ji.n.se.i.no.a.o.ja.shi.n
人生的藍圖。

61

土砂降り
do.sha.bu.ri

62

稲光
i.na.bi.ka.ri

63

吹雪
fu.bu.ki

64

小春日和
ko.ha.ru.bi.yo.ri

65

天の川
a.ma.no.ga.wa

### 61 傾盆大雨

類 ざあざあ za.a.za.a：形容大雨落下的聲音

雨 a.me：雨

雷雨 ra.i.u：雷雨

例 昨日は、すごい土砂降りだったね。
ki.no.o.wa、su.go.i.do.sha.bu.ri.da.t.ta.ne
昨天下了一場傾盆大雨。

### 62 閃電

同 落雷 ra.ku.ra.i

類 雷 ka.mi.na.ri：雷

例 今ピカッと稲光があったよ。
i.ma.pi.ka.t.te.i.na.bi.ka.ri.ga.a.t.ta.yo
剛才，閃電閃了一下。

### 63 暴風雪

同 地吹雪 ji.fu.bu.ki

類 嵐 a.ra.shi：暴風雨

例 吹雪がすごくて、全然前が見えない。
fu.bu.ki.ga.su.go.ku.te、ze.n.ze.n.ma.e.ga.mi.e.na.i
暴風雪太大，完全看不到前面。

### 64 天氣溫暖如春

關 日和 hi.yo.ri：天氣

補 晚秋到初冬之際，氣壓交替時出現的氣候現象。

例 小春日和で、気持ちいいね。
ko.ha.ru.bi.yo.ri.de、ki.mo.chi.i.i.ne
天氣溫暖如春，好舒服。

### 65 銀河

同 銀河 gi.n.ga

關 宇宙 u.chu.u：宇宙

星座 se.i.za：星座

流星 ryu.u.se.i：流星

例 7月7日天の川に彦星と織姫がみえるよ。
shi.chi.ga.tsu.na.no.ka.a.ma.no.ga.wa.ni.hi.ko.bo.shi.to.o.ri.hi.me.ga.mi.e.ru.yo
7月7日的銀河上會看到牛郎星和織女星。

66

蜃気楼
shi.n.ki.ro.o

67

津波
tsu.na.mi

68

朝顔
a.sa.ga.o

69

美女桜
bi.jo.za.ku.ra

70

眠り草
ne.mu.ri.gu.sa

## 66 海市蜃樓

類 砂漠 sa.ba.ku：沙漠

オアシス o.a.shi.su：綠洲

例 富山湾の蜃気楼が有名。
to.ya.ma.wa.n.no.shi.n.ki.ro.o.ga.yu.u.me.i
富山灣的海市蜃樓很有名。

## 67 海嘯

類 津波警報 tsu.na.mi.ke.i.ho.o：海嘯警報

地震 ji.shi.n：地震

例 津波警報が出たら、直ちに避難してください。
tsu.na.mi.ke.i.ho.o.ga.de.ta.ra、 ta.da.chi.ni.hi.na.n.shi.te.ku.da.sa.i
一有海嘯警報，請緊急避難。

## 68 牽牛花

例 小学校の夏の課題で朝顔を育ててる。
sho.o.ga.k.ko.o.no.na.tsu.no.ka.da.i.de.a.
sa.ga.o.o.so.da.te.te.ru
小學夏天的作業是種牽牛花。

類 花 ha.na：花

補 「朝」：早晨，「顔」：臉龐。由於牽牛花有清晨開花，到了白天就會凋謝的特徵，就像是清晨時的美人容顏如花般美麗，故寫作「朝顔」。

## 69 馬鞭草

關 園芸 e.n.ge.i：園藝

花言葉 ha.na.ko.to.ba：花語

例 美女桜を観賞用に買ったんだ。
bi.jo.za.ku.ra.o.ka.n.sho.o.yo.o.ni.ka.t.ta.n.da
買馬鞭草作觀賞用。

## 70 含羞草

例 子供の頃、よく眠り草で遊んだよね。
ko.do.mo.no.ko.ro、 yo.ku.ne.mu.ri.gu.sa.
de.a.so.n.da.yo.ne
小時候很常玩含羞草。

關 居眠り i.ne.mu.ri：打瞌睡

仮眠 ka.mi.n：小睡片刻

照れる te.re.ru：害羞

71

よつ ば
# 四葉
yo.tsu.ba

72

はら いっ ばい
# 腹一杯
ha.ra.i.p.pa.i

73

ひ ろう えん
# 披露宴
hi.ro.o.e.n

74

とし だま
# お年玉
o.to.shi.da.ma

75

けん ばい
# 献杯
ke.n.pa.i

### 71 四葉草

関 草 ku.sa：草

葉っぱ ha.p.pa：葉子

例 どこに幸運の四葉のクローバーがあるかな。
do.ko.ni.ko.o.u.n.no.yo.tsu.ba.no.ku.ro.o.ba.a.ga.a.ru.ka.na
哪裡有苜蓿的幸運四葉草呢。

### 72 飽、盡情

同 満腹 ma.n.pu.ku

関 グルメ gu.ru.me：美食

食っちゃ寝 ku.c.cha.ne：吃飽睡睡飽吃

例 腹一杯に食べて、もう限界だ。
ha.ra.i.p.pa.i.ni.ta.be.te、mo.o.ge.n.ka.i.da
吃太飽，不行了。

### 73 喜宴

関 ウェディング u.e.di.n.gu：婚禮

ウェディングケーキ u.e.di.n.gu.ke.e.ki：
結婚蛋糕

補 為了宣告結婚或開業時所舉辦的筵席。

例 感動した披露宴だったよね。
ka.n.do.o.shi.ta.hi.ro.o.e.n.da.t.ta.yo.ne
真是一場感人的喜宴。

### 74 壓歲錢

関 歳暮 se.i.bo：年末

年越し to.shi.ko.shi：新年

実家 ji.k.ka：老家

例 お父さん、今年のお年玉いくらくれるかな。
o.to.o.sa.n、ko.to.shi.no.o.to.shi.da.ma.i.ku.ra.ku.re.ru.ka.na
爸爸，今年的壓歲錢會給我多少呢。

### 75 敬酒

関 乾杯 ka.n.pa.i：乾杯

補 餐宴、酒宴時使用「乾杯」，喪禮時則使用「献杯」。

例 上司に献杯する。
jo.o.shi.ni.ke.n.pa.i.su.ru
給上司敬酒。

しょう たい じょう
# 招待状
sho.o.ta.i.jo.o

ひょう し
# 表紙
hyo.o.shi

しめ き
# 締切り
shi.me.ki.ri

した がき
# 下書
shi.ta.ga.ki

み だ
# 見出し
mi.da.shi

### 76 請帖

圏 名刺 me.i.shi：名片
参加 sa.n.ka：參加

例 みんなに招待状を早く送らないと。
mi.n.na.ni.sho.o.ta.i.jo.o.o.ha.ya.ku.o.ku.ra.na.i.to
請帖得快點寄給大家。

### 77 封面

例 表紙がすごい綺麗で買っちゃった。
hyo.o.shi.ga.su.go.ku.ki.re.i.de.ka.c.cha.t.ta
因為封面很美，所以就買了。

### 78 截止時間

圏 申し込む mo.o.shi.ko.mu：申請
受付 u.ke.tsu.ke：受理

例 この原稿、締切りに間に合わないかも。
ko.no.ge.n.ko.o、shi.me.ki.ri.ni.ma.ni.a.wa.na.i.ka.mo
這個稿子可能趕不上截止時間。

### 79 草稿

同 ラフ ra.fu

例 下書をしたあと、清書しましょう。
shi.ta.ga.ki.o.shi.ta.a.to、se.i.sho.shi.ma.sho.o.
打完草稿後，來整裡文章吧。

圏 スケッチ su.ke.c.chi：寫生
リハ ri.ha：彩排

### 80 標題

同 題名 da.i.me.i
テーマ te.e.ma

例 このドラマの見出しってすごく気になるよ。
ko.no.do.ra.ma.no.mi.da.shi.t.te.su.go.ku.ki.ni.na.ru.yo
對這部連續劇的標題很感興趣。

81

らん ちょう
乱丁
ra.n.cho.o

82

ぼう あん き
棒暗記
bo.o.a.n.ki

83

さん そ
酸素
sa.n.so

84

えん そ
塩素
e.n.so

85

よう そ
沃素
yo.o.so

## 81 (書頁)裝訂錯誤

關 装丁 so.o.te.i：書籍設計

ページ pe.e.ji：頁

印刷物 i.n.sa.tsu.bu.tsu：印刷品

例 この漫画乱丁本だった。
ko.no.ma.n.ga.ra.n.cho.o.bo.n.da.t.ta
這本漫畫裝訂錯誤。

## 82 死背

關 スピーチ su.pi.i.chi：演講

忘れん坊 wa.su.re.n.bo.o：健忘的人

暗記パン a.n.ki.pa.n：記憶吐司

例 棒暗記すると、テスト後すぐ忘れちゃうよ。
bo.o.a.n.ki.su.ru.to、te.su.to.go.su.gu.
wa.su.re.cha.u.yo.
死背的話，考完試馬上就忘光光。

## 83 氧氣

關 酸素吸入 sa.n.so.o.kyu.u.nyu.u：氧氣罩

空気 ku.u.ki：空氣

二酸化炭素 ni.sa.n.ka.ta.n.so：二氧化碳

例 人間、動物は、酸素がないと、死んじゃうよ。
ni.n.ge.n、do.o.bu.tsu.wa、sa.n.so.ga.na.
i.to、shi.n.ja.u.yo
人、動物若沒有氧氣就會死亡。

## 84 氯

關 腐食 fu.sho：腐蝕

漂白剤 hyo.o.ha.ku.za.i：漂白水

フッ素 fu.s.so：氟

例 塩素は、よく漂白剤として、用いられる。
e.n.so.wa、yo.ku.hyo.o.ha.ku.za.i.to.shi.te、
mo.chi.i.ra.re.ru
氯常被用在漂白水上。

## 85 碘

類 ポビドンヨード po.bi.do.n.yo.o.do：優碘

關 のり no.ri：海苔

例 沃素は、医薬品、染料等の製造に用いる。
yo.o.so.wa、i.ya.ku.hi.n、se.n.ryo.o.na.
do.no.se.i.zo.o.ni.mo.chi.i.ru.
碘常用在製造醫療品及染料。

86

# 試合
## shi.a.i

87

# 泥仕合
## do.ro.ji.a.i

88

# 稽古
## ke.i.ko

89

# 大変
## ta.i.he.n

90

# 便宜
## be.n.gi

---

### 86 比賽

- 同 ゲーム ge.e.mu
- 關 ライバル ra.i.ba.ru：競爭對手
- 応援 o.o.e.n：支持、加油

例 野球の試合を見るのが趣味。
ya.kyu.u.no.shi.a.i.o.mi.ru.no.ga.shu.mi
看棒球比賽是我的興趣。

---

### 87 互揭瘡疤

- 關 見苦しい mi.gu.ru.shi.i：難看

例 泥仕合の様相を呈する。
do.ro.ji.a.i.no.yo.o.so.o.o.te.i.su.ru
彼此互揭瘡疤。

---

### 88 練習

- 同 練習 re.n.shu.u
- 關 上達 jo.o.ta.tsu：進步

補 專門指武藝、技藝的練習。如書法、舞蹈、劍道等。

例 芝居の稽古が連日続く。
shi.ba.i.no.ke.i.ko.ga.re.n.ji.tsu.tsu.zu.ku
好幾天都在練習排戲。

---

### 89 糟了、辛苦

- 關 危ない a.bu.na.i：危險
- お疲れ様 o.tsu.ka.re.sa.ma：辛苦了

例 毎日残業で大変だ。
ma.i.ni.chi.za.n.gyo.o.de.ta.i.he.n.da
每天加班好辛苦。

---

### 90 方便、便利

- 同 好都合 ko.o.tsu.go.o
- 類 便利 be.n.ri：方便

補 「便宜」指得到利益、實惠的意思，「便利」則是方便的意思。

例 便宜をはかってもらって感謝します。
be.n.gi.o.ha.ka.t.te.mo.ra.t.te.ka.n.sha.shi.ma.su
感謝您這麼費心。

---

91

<ruby>案<rt>か</rt>山<rt>か</rt>子<rt>し</rt></ruby>

ka.ka.shi

92

<ruby>針<rt>はり</rt>鼠<rt>ねずみ</rt></ruby>

ha.ri.ne.zu.mi

93

<ruby>七<rt>しち</rt>面<rt>めん</rt>鳥<rt>ちょう</rt></ruby>

shi.chi.me.n.cho.o

94

<ruby>七<rt>しち</rt>曜<rt>よう</rt>星<rt>せい</rt></ruby>

shi.chi.yo.o.se.i

95

<ruby>朝<rt>あさ</rt>飯<rt>めし</rt>前<rt>まえ</rt></ruby>

a.sa.me.shi.ma.e

### 91 稲草人

類 鳥威し to.ri.o.do.shi：阻嚇飛禽鳥類的裝置

關 畑 ha.ta.ke：田

スズメ su.zu.me：麻雀

例 畑には案山子が立ってるよね。
ha.ta.ke.ni.wa.ka.ka.shi.ga.ta.t.te.ru.yo.ne
田裡佇立著稻草人。

### 92 刺蝟

關 動物 do.o.bu.tsu：動物

渡り鳥 wa.ta.ri.do.ri：候鳥

例 針鼠は、可愛いけど、触れない。
ha.ri.ne.zu.mi.wa、ka.wa.i.i.ke.do、sa.wa.re.na.i
刺蝟可愛但是不能摸。

### 93 火雞

關 丸焼き ma.ru.ya.ki：烤整隻

鳴き声 na.ki.go.e：叫聲

例 クリスマスに七面鳥を食べよう。
ku.ri.su.ma.su.ni.shi.chi.me.n.cho.o.o.ta.be.yo.o
聖誕節來吃火雞吧。

### 94 北斗七星

關 惑星 wa.ku.se.i：行星

補 「七曜」指的是火星、水星、木星、金星、土星、太陽及月亮。

例 今日こそは、七曜星見えるかな。
kyo.o.ko.so.wa、shi.chi.yo.o.se.i.mi.e.ru.ka.na
今天看得到北斗七星嗎？

### 95 輕而易舉

同 楽勝 ra.ku.sho.o

補 早上是一天空腹時間最長最沒有活力的時候，所以用早餐前只能做些簡單的工作。因此才將其指為不需要花力氣就能完成的意思。

例 こんな作業、朝飯前だよ。
ko.n.na.sa.gyo.o、a.sa.me.shi.ma.e.da.yo
這個工作輕而易舉。

96

<ruby>子<rt>こ</rt></ruby><ruby>煩<rt>ぼん</rt></ruby><ruby>悩<rt>のう</rt></ruby>

ko.bo.n.no.o

97

<ruby>下<rt>へ</rt></ruby><ruby>手<rt>た</rt></ruby><ruby>糞<rt>くそ</rt></ruby>

he.ta.ku.so

98

<ruby>一<rt>いち</rt></ruby><ruby>夜<rt>や</rt></ruby><ruby>漬<rt>づ</rt></ruby>け

i.chi.ya.du.ke

99

<ruby>頭<rt>あたま</rt></ruby><ruby>割<rt>わ</rt></ruby>り

a.ta.ma.wa.ri

100

<ruby>天<rt>てん</rt></ruby><ruby>地<rt>ち</rt></ruby><ruby>無<rt>む</rt></ruby><ruby>用<rt>よう</rt></ruby>

te.n.chi.mu.yo.o

答

### 96 溺愛孩子

同 可愛がる ka.wa.i.ga.ru

關 育児 i.ku.ji：育兒

例 今、子煩悩な父親が多い。
i.ma、ko.bo.n.no.o.na.chi.chi.o.ya.ga.o.o.i
現在有很多溺愛孩子的父親。

### 97 笨手笨腳

類 下手 he.ta：不擅長

關 だめ da.me：不行

無理 mu.ri：不行

例 下手糞な絵しか描けない。
he.ta.ku.so.na.e.shi.ka.ka.ke.na.i
我只會畫些歪七扭八的圖。

### 98 臨時抱佛腳

補 原指一夜即可醃製好的速成醃菜，引伸為臨時抱佛腳之意。

例 今回の試験一夜漬けでなんとか乗り切った。
ko.n.ka.i.no.shi.ke.n.i.chi.ya.du.ke.de.na.n.to.ka.no.ri.ki.t.ta
這次考試靠臨時抱佛腳撐過了。

### 99 按人數平分

類 割り勘 wa.ri.ka.n：分開算

關 人数 ni.n.zu.u：人數

例 勘定を頭割りにする。
ka.n.jo.o.o.a.ta.ma.wa.ri.ni.su.ru
按人數平均結帳。

### 100 請勿倒置

例 この荷物は、天地無用だ。
気をつけて。
ko.no.ni.mo.tsu.wa、te.n.chi.mu.yo.o.da.
ki.o.tsu.ke.te
這個包裹請勿倒置，要小心。

關 ひっくり返す hi.k.ku.ri.ka.e.su：倒過來

倒す ta.o.su：推倒

*101*

<ruby>屁<rt>へ</rt></ruby>の<ruby>河<rt>かっ</rt></ruby><ruby>童<rt>ば</rt></ruby>

he.no.ka.p.pa

*102*

<ruby>頼<rt>たの</rt></ruby><ruby>母<rt>も</rt></ruby><ruby>子<rt>し</rt></ruby><ruby>講<rt>こう</rt></ruby>

ta.no.mo.shi.ko.o

*103*

<ruby>二<rt>に</rt></ruby><ruby>枚<rt>まい</rt></ruby><ruby>舌<rt>じた</rt></ruby>

ni.ma.i.ji.ta

*104*

<ruby>朝<rt>あさ</rt></ruby><ruby>活<rt>かつ</rt></ruby>

a.sa.ka.tsu

*105*

<ruby>爆<rt>ばく</rt></ruby><ruby>睡<rt>すい</rt></ruby>

ba.ku.su.i

### 101 易如反掌

同 たやすい ta.ya.su.i

木っ端の火 ko.p.pa.no.hi

例 こんな経験屁の河童だよ。
ko.n.na.ke.i.ke.n.he.no.ka.p.pa.da.yo
這種經驗簡直易如反掌。

---

### 102 跟會

同 無尽 mu.ji.n

闋 メンバー me.n.ba.a：成員

例 頼母子講って、鎌倉時代から行われた。
ta.no.mo.shi.ko.o.tte、ka.ma.ku.ra.ji.da.i.ka.ra.o.ko.na.wa.re.ta
跟會從鎌倉時代就開始了。

---

### 103 謊話

同 嘘 u.so

補 「二枚舌」指「建前（たてまえ）（表面話）」的舌頭和「本音（ほんね）（真心話）」的舌頭。

例 彼は、いつも二枚舌を使う。
ka.re.wa、i.tsu.mo.ni.ma.i.ji.ta.o.tsu.ka.u
他總是在說謊。

---

### 104 早晨活動

類 婚活 ko.n.ka.tsu.：結婚活動

就活 shu.u.ka.tsu.：就職活動

例 私の朝活は、ヨガをすること。
wa.ta.shi.no.a.sa.ka.tsu.wa、yo.ga.o.su.ru.ko.to
我的早晨活動是做瑜珈。

補 「朝活動（あさかつどう）」的略稱。提倡利用上班前的時間，提升自我的活動。「～活（かつ）」有～活動的意思。

---

### 105 睡的很沉

類 ぐっすり gu.s.su.ri：睡得很熟

例 疲れてて、昨日爆睡しちゃった。
tsu.ka.re.te.te、ki.no.o.ba.ku.su.i.shi.cha.t.ta
太累了，昨天睡的很沉。

# 類語・繞口令・冷笑話

**1**
類語

哪裡不同？

## 制作
se.i.sa.ku

vs

## 製作
se.i.sa.ku

中文　製作。

哪裡不同？　制作：指製作電影、電視等節目或其工作。例：バラエティ番組を制作する。（ba.ra.e.ti.ba.n.gu.mi.o.se.i.sa.ku.su.ru，製作娛樂節目）。

製作：指運用道具、機械製作物品。例：食品サンプルを製作する。（sho.ku.hi.n.sa.n.pu.ru.o.se.i.sa.ku.su.ru，製作食品模型）。

**2**
早口

日文繞口令

## ニャンコ 子ニャンコ 孫ニャンコ。
nya.n.ko.ko.nya.n.ko.ma.go.nya.n.ko。

解釋　ニャンコ：貓咪的幼兒用語。ニャン：擬聲詞，形容貓咪的叫聲。子：兒子，「息子」(mu.su.ko) 的略稱。孫：孫子。

中文　貓咪、貓兒子、貓孫子。

**3**
駄洒落

日式冷笑話

## 猫が寝込んだ。
ne.ko.ga.ne.ko.n.da。

解釋　猫：貓咪。寝込んだ：熟睡，寝込む的過去式。

中文　貓咪睡得很熟。

# INDEX

{ 索引・五十音 }

## か

## き

## く

## す

## せ

## そ

## た

## ち

## ひ

## ふ

## へ

## ほ

# INDEX

{ 索引・注音 }

## ㄨ

## ㄩ

## ㄜ

## ㄞ

## ㄠ

## ㄢ

## ㄦ

## 和字漢字

把發現的新單字記下來吧！

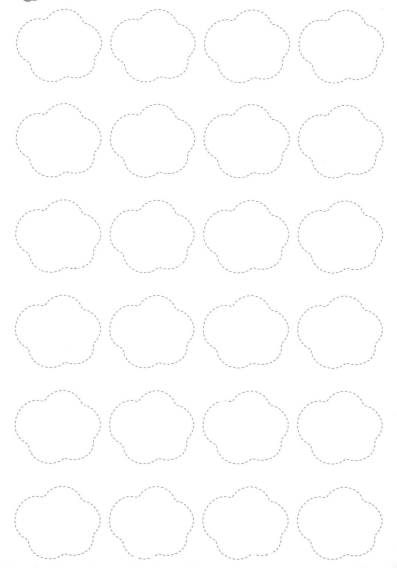

把發現的新單字記下來吧！

國家圖書館出版品預行編目(CIP)資料

日語漢字好吃驚!超有趣漢字單字集 / DT日語企劃著.
-- 初版. -- 臺北市:笛藤出版, 2024.02
面; 公分
ISBN 978-957-710-913-2(平裝)

1.CST: 日語漢字

803.114　　113000431

2024年2月27日　初版1刷　定價320元

| | |
|---|---|
| 著者 | DT日語企劃 |
| 總編輯 | 洪季楨 |
| 編輯 | 羅巧儀・詹雅惠・顏偉翔・葉雯婷 |
| 插畫・內頁設計 | Aikoberry |
| 封面設計 | 王舒玗 |
| 編輯企劃 | 笛藤出版 |
| 發行人 | 林建仲 |
| 發行所 | 八出版股份有限公司 |
| 地址 | 台北市中山區長安東路二段171號3樓3室 |
| 電話 | (02)2777-3682 |
| 傳真 | (02)2777-3672 |
| 總經銷 | 聯合發行股份有限公司 |
| 地址 | 新北市新店區寶橋路235巷6弄6號2樓 |
| 電話 | (02)2917-8022・(02)2917-8042 |
| 製版廠 | 造極彩色印刷製版股份有限公司 |
| 地址 | 新北市中和區中山路二段380巷7號1樓 |
| 電話 | (02)2240-0333・(02)2248-3904 |
| 劃撥帳戶 | 八方出版股份有限公司 |
| 劃撥帳號 | 19809050 |

★中日發音MP3
請掃描左方QR code或輸入網址收聽:

http://bit.ly/DTkanji

*請注意英文字母大小寫區分
■日語發聲:林 鈴子　■中文發聲:常青